Oskar von Redwitz

Der Doge von Venedig

Historische Tragödie

Oskar von Redwitz

Der Doge von Venedig
Historische Tragödie

ISBN/EAN: 9783743629257

Hergestellt in Europa, USA, Kanada, Australien, Japan

Cover: Foto ©Andreas Hilbeck / pixelio.de

Weitere Bücher finden Sie auf **www.hansebooks.com**

Der

Doge von Venedig.

Historische Tragödie

von

Oscar v. Redwitz.

———

Mainz,
Verlag von Franz Kirchheim.
1863.

Personen:

Francesco Foscari, Doge von Venedig.

Marina, seine Frau.

Jacopo, sein Sohn.

Laura, seine Tochter.

Jacopo Loredano, venetianischer Nobile.

Marco Saffi, Vorsitzender,

Andrea Donato,

Girolamo Barbarigo, } Mitglieder } des Rathes der Zehn.

Paulo Barbarigo, des Letztern Neffe.

Michelo Bevilacqua, florentinischer Flüchtling.

Battista, Diener im Hause Loredano.

Ein Staatsinquisitor.

Valentino, ein Bandit.

Der große Rath. Der Rath der Zehn. Gerichtspersonen.
Geheimschreiber. Häscher.

Der erste, dritte und fünfte Aufzug spielt im Palast des Dogen, der zweite auf der Insel Murano, der vierte im Gerichtssaal des Rathes der Zehn.

Zwischen dem vierten und fünften Aufzuge liegt ein Zeitraum von mehreren Wochen.

Zeit der Handlung: um das Jahr 1450.

Anmerkung: Allen Bühnen gegenüber, welche sich noch nicht im rechtlichen Besitze dieses Schauspieles befinden, behält sich der Verfasser das gesetzliche Eigenthumsrecht vor.

(Zum ersten Male an der Königlichen Hofbühne in
Stuttgart aufgeführt am 9. November 1862.)

Erster Aufzug.

Ein glänzender Saal im Dogenpalaste.

Im Hintergrunde eine offene Säulenhalle mit der Aussicht auf die Umgebung des Markusplatzes und den Hafen, daraus die Schiffsmaste im Saale sichtbar sind. Rechts der reiche Thron des Dogen mit Baldachin, links die Sitze der Senatoren. (Niedere, rothe Stühle.)

Erster Auftritt.

Der große Rath Venedigs mit den zehn Senatoren des Rathes der Zehn.

Beim Aufgang des Vorhangs stehen bereits mehrere Senatoren gruppenweise in der Halle und im Saale; andere treten während des ersten Auftrittes immer zahlreicher von rechts durch die Halle ein; ungefähr zehn Senatoren, von denen vier die Kleidung des Rathes der Zehn tragen, bilden zuletzt eine sichtlich abgeschlossene Gruppe, (die Partei Saffi's vorstellend).

Saffi und Barbarigo stehen bereits im Vordergrunde; später Donato.

Barbarigo (zu Saffi).

Was wird der Doge wollen, daß er uns
So dringend herbeschied?

Saffi

(scharf).

Ihr fragt noch? — Ei,
Nach all dem Spucke dieser Hochzeitfeste,
Die man seit einer Woche Tag und Nacht
Halb toll für diesen Dogensohn durchschwärmt,
Nach Schmaus und Mummenschanz des niedern Pöbels,
Und hohen Adels ekler Kriecherei,
Wird sich der Doge nun zum würd'gen Schluß
In ganz besonderm Weihrauch vor uns brüsten.

Barbarigo.

Wie meint ihr das?

Saffi.

Nun, muß ich's euch noch sagen? —
'S ist nicht genug, daß wir, die Benetianer,
Wie Moslemhunde vor dem Dogen krochen,
Als wär' er in Byzanz der Padischah, —
Nein, auch die andern Städte folgen uns,
Von unserer Erniedrigung erniedrigt;
Und also stur mit lächerlichem Prunke
Zwölf Abgesandte eben erst gelandet
Aus Crema, Brescia und Bergamo,
Mit Hochzeitgaben für den Sohn des Dogen.

Barbarigo.

Das weiß ich — aber . . .

Saffi

(rasch einfallend).

Nun, das ist's ja eben,
Weßhalb der Doge jetzt uns herberief.

Des Sohn's Geschenke will er hier empfangen,
Will's feierlich zum Staatsgeschäfte stempeln,
Und uns entwürdigen zum Schaugepränge.
Venedig's Adel soll sein Schemel werden,
Darauf er steigen will vor den Gesandten!

Donato

(der, hinter beiden stehend, Saffi's Rede mit angehört, und
mit würdevoller Ruhe hervortritt, zu Saffi).

Und dennoch täuscht ihr euch!

Saffi

(höhnisch).

Ah — ihr — Donato!

Ihr freilich, ihr, des Dogen Busenfreund,
Müßt's besser wissen! — Ei, so darf ich bitten,
Weßhalb berief uns dann der Doge?

Donato.

Signor,

Es ist nicht mein Beruf, des Dogen Wort
Hier vorzugreifen, aber euch zu sagen,
Daß ganz Venedig anders denkt, als ihr,
Der ihr zuvor doch Allem zugestimmt! —
Des Dogen Ruhm ist auch Venedig's Ruhm,
Und, redlich dieser Dankesschuld bewußt,
Hat sie die Republik ihm zahlen wollen
Mit goldner Münze hohen Mitgefühls
An seines Hauses hochzeitlichem Glück.
Und Dankbarkeit, selbst über's Maaß gespendet,
Beschimpfte nie Venedig's freie Männer.

Barbarigo
(zu Donato).

So denk' auch ich. Ihr sprecht mir aus dem Herzen!
(Zu Saffi.)
Ihr denkt zu bitter, Marco Saffi!

Saffi.

Freilich,
Weil ihr in diesen Tagen ganz verlernt,
Was altrepublikan'sche Tugend ist!
(Er wendet sich von ihnen ab und tritt zu den vorerwähnten
zehn Senatoren, seiner Partei, welche ihn lebhaft begrüßen.)

Zweiter Auftritt.

Die Vorigen. Paulo Barbarigo, im reichen Kleid
der Nobile, ein junger, blühender Mann, tritt leichten
Schrittes durch die Gruppen der Senatoren, welche über sein
Erscheinen sichtlich befremdet sind.

Paulo.

Ei, Gott zum Gruß, ihr höchst ehrwürd'gen Herrn!
Vergebt, daß ich so keck war, einzutreten,
Ich lust'ger Fant in euern strengen Rath!
(Zu Barbarigo, zu dem sich nach Saffi's Entfernung mehrere
Senatoren gesellten.)
Doch sucht' ich Dich, mein lieber Ohm!

Barbarigo
(verlegen).

Du — mich?
Und hier? — Mein lieber Paulo — dieser Ort . . .

Paulo

(rasch einfallend, indem er aus dem Kleide zwei Briefe zieht).

Nun, schilt nur nicht! — Von London kamen Briefe,
Höchst wicht'gen Inhalts, wie mein Vater meint,
Und da ich ohnedem wie jeden Abend
In's Haus des Dogen ging zu Freund Jacopo,
So nahm ich diese Briefe mit, und stahl mich,
Ein Ungeweihter, in dieß Heiligthum. —
Ei, lob' mich doch, daß ich so eifrig bin!

Barbarigo

(die Briefe entgegennehmend, immer noch befangen).

Nun gut — doch Paulo! — jetzt entfern' dich wieder!

Paulo

(scherzhaft leichtfertig).

O liebster Ohm, schnell wie ein junger Hirsch,
Denn, weiß der Himmel, ich bin herzlich froh,
Wenn dieses Saales Luft ich nicht mehr athme;
Und überhaupt ist hier die Luft zu dick!
Mir schäumt die hohe Schule von Paris
Noch allzuheiß im Blut, seit ich daheim;
Ich spür's, ich werde hier noch melancholisch,
Und will den Vater bitten, nach Athen
Mich auf Korinthenhandel auszuschicken,
Um unter Hellas ewig heiterm Himmel
Den Druck der dicken Luft hier loszuwerden.

Barbarigo

(halblaut ängstlich zu ihm, während immer mehr Senatoren
sich um ihn sammeln).

Mein Paulo — hüte deine Zunge besser!

Paulo.

Ei was nicht gar? — Du scherzest, bester Ohm!

(Lachend sich an Alle wendend.)

Ihr Herren, hört doch! ich, die Zunge hüten!
Ich denke doch, man kennt mich hier genugsam
Als lust'gen Zeisig, daß es Niemand wundert,
Wenn ich in eurer spröden Republik
Mich wie in einem goldnen Käfig fühle.

(Mit verändertem Ton.)

Doch bin ich wirklich froh darum, daß ich
Im Haus des Dogen wie ein Sohn gehalten,
Und meine Laune wie mein loser Mund
Dort ungefährdet sich ergeben dürfen,
Sonst hätt' ich wahrlich Angst, man wollte gar,
Ha, ha, mich auf die Seufzerbrücke schicken,
So ernsthaft schaut ihr drein bei meinen Späßen! —

(Mit heiterstem Humor.)

Doch nein! — Kein Witz! — 's ist fürchterlicher Ernst!
Seht doch, wie kann ich finstre Runzeln machen!
Bin ich nicht jetzt leibhaftig Catilina? —
Ja, wartet nur, wenn wir einmal, die Jungen,
An's Ruder kommen! — Bacchus nur und Venus
Soll auf dem strengen Dogenstuhle thronen! —

(Aus der Halle beginnt ein festlicher Marsch; Alle wenden sich
gegen die Halle.)

Doch horch — 's wird feierlicher Ernst! — Da muß
Mein toller Witz sich aus dem Staube machen.

(Mit grazlöser Verbeugung.)

Zu Wein und Lieb', indeß ihr Staatskunst treibt!
Und nichts für ungut, strenge Herrn — gut Nacht!

(Er enteilt rasch nach rechts.)

Barbarigo

(zu seiner Umgebung).

Ein lust'ger Springinsfeld! — Nehmt's ihm nicht übel!

Donato

(in die Halle deutend).

Der Doge naht, zur Seite seinen Sohn!

Sassi

(zu seiner Partei).

Aha, das feile Possenspiel beginnt!

(Alle Senatoren wenden sich nach der linken Seite.)

Dritter Auftritt.

Die Vorigen. Der Doge. Jacopo Foscari
und Begleitung.

Unter fortwährendem Marsche tritt der Zug indessen in folgender
historischen Ordnung von links aus der Halle in den Saal:

1) Acht Standartenträger mit je zwei weißen, zwei blauen,
zwei grünen und zwei rothen Standarten, welche sich nach
ihrem Eintritt an den Säulen der Halle aufstellen, während
die Träger der weißen Standarten sogleich den Platz rechts
und links am Dogenstuhle einnehmen.

2) Sechs Trompeter, je zwei mit den großen, silbernen Trom=
peten der Republik, welche sich, bei ihrem Eintritte den
Marsch beendigend, zwischen die Standartenträger stellen.

3) Der Kaplan des Dogen.

4) Zwei Kämmerer mit dem Stuhl und rothen Sammtkissen.

5) Der Großkapitän der Republik.

6) Sechs hohe Offiziere der Republik.

7) Zwei Staatssecretäre.

Der Doge und sein Sohn Jacopo.

(Ersterer mit Hut und goldnem Mantel, in weißem Haar und Bart, aber festen Schrittes; letzterer, sehr jung, in reichster Nobiletracht.)

8) Ein Nobile mit dem Degen der byzantinischen Kaiser.

9) Sechs Geheimeräthe, je drei (die Signoria).

10) Zwei Staatsinquisitoren.

11) Drei Advocaten der Republik.

12) Vier Diener des Senats.

Der Doge besteigt, während zugleich seine Begleitung in entsprechender Ordnung seinen Stuhl umringt (die Signoria, der Großkanzler und Großkapitän an der rechten Seite des Dogen, alle Anderen zur Linken), den Thron, Jacopo stellt sich ihm zur Linken auf die Stufen.

Doge
(vor seinem Throne stehend).

Venedig's hoher Rath, ihr edeln Männer,
Die ihr der Kern und Stolz der Republik,
Ich grüß' euch mit dem Gruße: „Heil, Venedig!"
Gesegnet sei die Mutter unsrer Aller!
Des Himmels Schooßkind und der Erde Zier!
Des Meeres hehre Braut, du Stadt der Städte,
Du Thron der Freiheit! — dir sei Macht und Ruhm!

(Er setzt sich.)

Barbarigo

(rasch einfallend).

Die Du gemehrt, wie nie ein andrer Herzog!
Ruft: „Heil, Francesco Foscari, dem Dogen!"

(Viele Senatoren.)

Dem Dogen Heil!

Saffi

(zu seiner Partei).

O knechtisches Geschlecht!

Doge

(sitzend).

O schweigt, ihr Freunde, schweigt von meinem Namen,
Daß ihr nicht schmeichlerisch den Sinn mir wandelt,
Denn — daß ihr's wisset —

(Er stockt bewegt.)

Barbarigo

(zu seiner Umgebung).

Was wird er uns sagen?

Doge

(ergriffen).

Ich sitze hier auf diesem Dogenstuhle
Zum letzten Male . . . .

(Allgemeine Bewegung unter den Senatoren.)

Saffi

(zu seiner Partei rasch).

Was bedeutet das?

Barbarigo

(einfallend).

Erwache, Doge, denn du sprichst im Traum!

Doge.

Im Traum? Ist dieser Leib hier nur ein Traum?

(Sich erhebend.)

O seht mich an! hier steh' ich, euer Doge.
Des Alters Ruhe ist des Himmels Ordnung,
Und achtzig Jahre — wahrlich, das ist Alter!
Drum nehmt mir ab des schweren Amtes Bürde,
Und nur ein einz'ges laßt mich noch verwalten —
Das sel'ge Fürstenamt inbrünst'gen Dankes!
Denn wahrlich, keinem Königssohn der Erde
Kann Land und Meer die Hochzeit prächt'ger feiern,
Als sie Venedig meinem Sohn verherrlicht.
O laßt mich rasten! — Ich bin alt und müde.

(Er setzt sich wieder.)

Donato

(zu Saffi, sich hinüberwendend).

Was sagt ihr jetzt?

Saffi

(zu seiner Partei, halblaut, daß Donato es nicht hören kann).

Daß er nicht rasten darf.

Barbarigo.

Was red' ich? — Tiefes Staunen bannt mein Wort.

(Die Senatoren geben durch Geberden ihre Nichteinwilligung

zu erkennen.)

Doge
(sich wieder rasch erhebend).

Ihr schweigt, und eure Mienen sagen: „Nein!" — ?
Sagt mir, will ich, Benedigs feiger Herzog,
In voller Manneskraft vom Schlachtfeld schleichen? —
Sagt, oder hab' ich nicht seit dreißig Jahren
Ein ruheloser Streiter ausgeharrt
Im ehrnen Herzogsamt der Republik?
Und hab' ich nicht Benedig's stolze Flagge
Furchtbar gemacht den Küsten aller Meere,
Daß sie sogar gebietend leuchten darf
In Syriens und Aegyptens heißer Sonne,
Und bis Byzanz der Halbmond vor ihr zittert? —
(Nach kurzer Pause.)

Jetzt aber nehmt mir weg den goldnen Mantel,
Jetzt, wo vom goldnen Schein der Republik
Noch voll der Abglanz auf mich niederstrahlt,
Daß ich noch drin in heil'gem Feiertag
Ausruhend darf mein schneeig Alter sonnen! —
Das ist der Dank, den ich von euch begehre. —
O laßt mich rasten — denn mich sehnt nach Ruhe! —

Barbarigo
(in die Mitte hervortretend).

Benedig's Männer, es ist Zeit zum Reden!
Francesco Foscari, bist du es noch,
Mit deinem ewig jungen Feuergeist?
Bist du der Greis, vor dessen mark'ger Jugend
Manch venetian'scher Mann erröthen muß?

Hat dich des Sohnes Glück so weich gemacht,
Daß du von müdem Alter zu uns redest? —
Ermanne dich aus deines Glückes Rausch!
Erkenne dich als den, der du noch bist! —
Nein, Doge, nein, wir gönnen sie dir nicht,
Des Alters träge, thatenlose Ruhe,
Weil deiner und der Republik nicht werth,
Die deines Geistes letzten Funken braucht,
Und deinen Namen, ihr Palladium.
Wer dir gleich als Venedig's Herzog lebte,
Darf auch nur als Venedig's Herzog sterben!

Saffi
(hervortretend).

Der Doge muß uns schwören, Venetianer,
Daß er den Herzogöring der Republik
Mit sich zu Grabe trägt!

Viele Senatoren.
Ja, schwören soll er!

Jacopo Foscari
(immer noch auf den Stufen des Thrones stehend, voll stürmi-
scher Innigkeit).

O Vater, hörest du Venedig's Stimme,
Wie's laut um seinen alten Herzog wirbt? —
Des Sohnes Wort vernimm! was zagst du noch?
Auf deiner Stirne ruht ein goldner Kranz,
Wie nimmer er ein Dogenhaupt gezieret,
Venedig's höchsten Ruhm seh' ich drin leuchten;
Doch fehlt dem Kranze noch das reichste Blatt,

Wie keines prangend in dem Glanz des Opfers, —
Und dieses Blatt füg' ein! — O bleibe Doge!

Barbarigo.

Jacopo, du bist deines Vaters Sohn!
Ja, Doge, du mußt bleiben! Schwör' es!

Die Senatoren und die Signoria.

Schwöre!

Doge

(sich erhebend).

Venetianer, wohl! ihr zwinget mich,
So sei's! — Den eignen Willen leg' ich ab,
Und weil ihr's also wollet, schwör' ich euch:
Mit diesem Herzogsring sink' ich in's Grab.

Donato.

Und wir, wir schwören dir erneute Liebe.

Barbarigo.

Und mehren soll sich dir dein alter Ruhm!
Wir werden dir es danken.

Viele Stimmen.

Heil, dem Dogen!

Sassi

(für sich).

Ich schwör' ihm alten Haß und neue Qual.

Doge

(noch stehend).

So bin ich euer Herzog bis zum Tode,
Und euer Wille hat zu neuer Thatkraft

2 *

Des Alters Müdigkeit mir umgewandelt. —
Nun wisset auch: noch weht nach meinem Glauben
Die Flagge unsrer Macht nicht hoch genug,
Auch jenes Feindes Schwert muß sich ihr neigen,
Der uns voll Uebermuth bisher getrotzt.
O dieser Sforza, Mailand's kecker Herzog,
Auch er soll vor Venetia sich schmiegen! —
Ich will's und kann's — ihr Alle müßt es wollen! —
Venedig's Ruhm und dieser Krieg sind Eins,
Und einen Feind Venedig's heiß' ich Jeden,
Der dieses Krieges Feind.

Saffi
(für sich).

Ich lache deiner.

Donato.
O sieh' auf uns, wir Alle steh'n zu dir.

Barbarigo.
Wir Alle! — Krieg mit Mailand!

Alle
(mit Ausnahme Saffi's und seiner Partei).

Krieg mit Mailand!

Saffi
(zu seiner Partei).

Auch ihr?

Einzelne Stimmen
(zu Saffi).

Wir nicht.

Doge

(herabsteigend).

> So kommt, ihr theuern Freunde!
> Auf's Neue sind einander wir geschenkt.
> Dank euch für euer Herz! — Bei achtzig Jahren
> In solchem Amt thut eure Liebe Noth.

(Er reicht vielen Senatoren, die sich um ihn drängen, die Hand, während Jacopo die Glückwünsche der Signoria und anderer Senatoren empfängt.)

Saffi

(indessen seitwärts stehend).

> Mein Herz erweichst du nicht! — O bis zum Tod
> Vergess' ich nicht die Schmach, da vor Byzanz
> Du höhnisch mich von dem Befehl entsetzt.
> Noch harr' ich meiner Stunde, dir's zu lohnen.
> Drum drängt' ich dich zum Eid. Schon morgen wieder
> Werb' ich den Stab des Admirals begehren,
> Und wehe, Doge, wenn du mir ihn weigerst!

Doge.

> Und jetzt, jetzt laßt mich einsam! Ich bedarf es,
> Auch du, mein Sohn! — Donato, du sollst bleiben!

(Die Standartenträger treten zum geschlossenen Zuge zusammen und entfernen sich mit den Trompetenträgern in geschlossener Ordnung durch die Halle nach rechts; ihnen folgt die Begleitung des Dogen. — Die Senatoren verlieren sich durch die Halle nach links in möglichster Ordnung.)

Jacopo

(da alle Senatoren sich entfernt).

O Vater, darf ich aus dem Saale gehn,
Und sicher glauben, daß du mir nicht zürnest?

Doge.

Dir zürnen? — Dir, dem letzten meiner Söhne? —
O nein, dein stürmisch Wort hat mich erquickt,
Denn meinen Geist hab' ich darin verspürt,
In dem ich dich erzog — den Geist Venedig's.

(Ihm die Hand auf's Haupt legend.)

O erb' ihn fort zum fernsten meiner Enkel,
Auf daß so lange siegreich über's Meer
Zur Gluth der Palmen und des Nordpols Eis
Das Lied des Löwen von San Marco schallt,
Auf daß in diesem Lied als hellster Klang
Der Name Foscari die Welt durchklinge, —
Mein Stolz und Hoffen — nein, ich zürne nicht.

(Er küßt ihn auf die Stirne. Jacopo geht bewegt ab in die
Scene nach links).

Vierter Auftritt.

Doge. Donato.

Doge

(den Hut abnehmend).

Donato! — einen großen Dienst begehr' ich,
Ein Freund nur kann ihn mir gewähren. — Willst du?

Donato.

Wenn es ein Freund vermag, so will ich, Doge.

Doge

(Donato unter'n Arm nehmend).

Du weißt, Andrea, viel' hab ich der Gegner,
Die, um mein ruhmreich Dogenamt mich neidend,
Schon jetzt mir wieder neuen Sieg mißgönnen. —
O hier, hier standen sie um Marco Saffi,
Ich sah gar wohl in ihrem Aug' den Hohn;
Doch diesen ganzen Haufen sammt dem Saffi
Acht' ich gering. Es ist ein plumper Leib;
Das Haupt doch, das auf diesem Leibe sitzt,
Und ihn geheim beherrscht — das ist gefährlich.

Donato.

Ich ahne, wen du meinst!

Doge

(finster).

Ist's doch gar leicht!

Denn wer noch in Venedig haßt mich so,
Wie Pietro Loredano, dieser Eine,
Der neidverbißne, häm'sche Admiral,
Der unabläßig durch versteckte Tücken
In meinen Kriegen für Venedig's Größe
Mich mehr der Kraft gekostet als der Feind!
Und nimmer konnt' ich ihn durch das Gesetz
Vernichten, so verschmitzt hat er's getrieben,
Und jeder Tag vergrößert seinen Anhang.

Donato.

Francesco, was gilt dir des Einen Feindschaft,
Wo jetzt wir Alle dir so laut gehuldigt?

Doge.

Nein, höre nur, wie's oft der Himmel fügt:
Den Vater hält der alte Haß mir fern,
Da — seltsam — führt mir glühend junge Liebe
Des Feindes Sohn in's Haus.

Donato.

Wie sagst du, Doge?
Jacopo Loredano, Pietro's Sohn?

Doge.

Ja dieser! heut erst kam er stürmisch werbend,
Und kalt wies ich ihn ab; denn lieber sterben
Soll mir mein Kind, eh' den zum Manne haben,
Deß Name schon mir jedes Glück vergällt!
So dacht' ich vorhin noch, jetzt denk' ich anders.
Ich bleibe Doge, und er sei mein Eidam!

Donato.

Des Feindes Sohn gibst du das eigne Kind?

Doge.

Ja, um Venedig's willen geb' ich's ihm.
Der Bund der Kinder soll die Väter einen! —
So gehe hin zu Pietro Loredano,
Geh' hin zum Feind als der Versöhnung Bote!
Sag' ihm, es sei mein brünstiges Verlangen,
Daß unser Beider Haß zu Grunde gehe!
Sag' ihm, die Hand zum Streite nur erhoben,
Wir wollen sie auf unsrer Kinder Häuptern
Besänftigt ineinander legen! — Sag' ihm,

Die Namen Foscari und Loredano,
Bisher wie Fluth und Feuer feindlich zischend,
Sie sollen in dem Klang der Hochzeitglocken
Für immer so versöhnt zusammenklingen,
Daß ganz Venedig ob dem Einklang staune!

Donato.

O edler Doge, welch ein großes Herz!

Doge.

Zu eilig lobst du mich! Wär' ich nur Mann,
Ein grimmer Löwe bäumte sich mein Zorn
Gen Jeden, der mir von Versöhnung spräche. —
So aber will's von mir Venedig's Heil.
Ich kann den neuen Kampf nicht siegreich führen,
Wenn unf're Schwerter nicht vereinigt kämpfen,
Und wie ein Hündchen muß der Leu sich schmiegen! —
Als Mann vermöcht' ich's nie — als Doge kann ich's.

Donato.

Ich gehe, Doge, Frieden trag' ich hin,
Und, weiß es Gott, ich möchte Frieden bringen.

Doge
(mit ungestümer Wärme).

Ja bring' Versöhnung für die Republik,
Wie ich des Feindes Sohn mein Kind drum gebe!
Sag' ihm von meines neuen Krieges Plan,
Mahn' ihn an Frieden für der Mutter Größe,
Daß nicht der Söhne Streit den Sieg gefährde! —
Nein — bring' ihn selbst mir her — heut' Abend noch,

Daß wir noch heut' den Bund der Kinder segnen!
Als neuen Freund bring' mir den alten Gegner!
Jetzt geh' — bring' Frieden in das Haus des Dogen!

(Donato durch die Halle ab.)

Fünfter Auftritt.

Doge

(allein).

Ob er mir Frieden bringt? — Ich will es glauben.
Dreimal und heute drängte mich sein Haß
Von diesem Stuhl. Venedig läßt mich nicht,
Jetzt muß es zwischen uns zum Abschluß kommen! —
Doch weg mit dem, was nun vergangen ist!
Ich hab' ihm ja mein eignes Kind geboten,
Dieß Pfand des Friedens kann er nicht verwerfen. —
Donato, kehr' zurück als guter Bote!

Sechster Auftritt.

Der Doge. Marina.

Marina

(von links im Vordergrunde aufgeregt hereintretend).

Francesco, so ist's wirklich wahr? — Ach wieder
Bleibst du auf diesem unheilvollen Stuhle,
Vereidigt bis an's Sterben? — O wie hofft' ich,
Es werde nun die finstre Schranke fallen,
Die deine kalte Staatskunst und mein Herz
So lang getrennt — der Mißklang unsrer Seelen
Wie hofft' ich ihn in Einklang schnell versöhnt,

Wenn ich dein Herz, befreit von diesem Mantel,
Dürft' wieder als das Menschenherz erkennen,
Das arglos ich dereinst so tief geliebt! —
Nun sind die Herzen uns auf's Neu geschieden,
Und leidvoll Schweigen ist mein altes Loos —
Francesco, warum hast du das gewollt! —

Doge
(unmuthig).

Gewollt? — Wer hat gewollt? — Venedig will's,
Und zu gehorchen hab' ich. — Doch wozu
Bei dir mich noch ereifern? — Lassen wir's!
Nie hast den Dogen du in mir verstanden,
Und ich verzichte drauf, es mehr zu hoffen.
Am besten ist, wir geh'n die alten Wege.

(Er kehrt sich von ihr ab.)

Marina
(düster).

Francesco, gehe sie — und strauchle nicht!
(Sie geht nach links ab, wo ihr hart an der Coulisse Laura
entgegentritt, die sie zu besänftigen sucht. Marina enteilt mit
abwehrender Handbewegung. Laura bleibt, schmerzlich auf den
Dogen blickend, links stehen.)

Siebenter Auftritt.

Doge. Laura.

Doge
(während dessen nach rechts gekehrt),

Stets dieser düstre Schatten in mein Licht!
Doch ich ertrag' auch dieses für Venedig.

(Sich nach links wendend und Laura erblickend.)

Ah sieh, mein Kind — der Anblick lichtet wieder,
Was sie getrübt! — Ich grüß' Dich, Herzenstochter!

(Ihr das Haupt aufhebend.)

Wie? — Bist auch du betrübt? — Dein Aug' ist feucht!

Laura.

Ach Vater, um die Mutter weint mein Auge —
O nimm der Mutter Leid — du nimmst auch meines! —

Doge

(sehr ruhig).

Die Mutter, Kind, ist krank! — Ihr dreifach Leid
Um deiner Brüder allzufrühen Tod
Ward jetzt vom Festesjubel neu erregt.
Drum sollt ihr morgen aus dem Lärm der Stadt,
Zu unf'rer stillen Insel, nach Murano!
Wohlthät'ge Ruhe wird ihr bester Arzt.

(Ihr die Hand auf's Haupt legend.)

Und dir, mein Kind, dir soll dieß traute Eiland,
Wo Alles lockt zu junger Liebe Wonnen —
Dir soll's den Bräutigam entgegenführen.
Jacopo Loredano — kennst du ihn,
Den stolzen Mann mit seinen dunkeln Augen?
Gesteh' mir's, Kind, sie haben dich verwundet!
Doch bange nicht, sie heilen dich auch wieder.

Laura

(umarmt in höchster Erregtheit den Dogen, küßt ihm heftig die
Hand, und enteilt nach links).

Donato

(erscheint in der Gallerie mit düstrer Miene).

Doge.

Wie wunderbar! — Kein Wort hat sie geredet!

(Auf seine Hand deutend.)

Nur diese Thräne gab sie mir zur Antwort.
Und doch! — Petrarca's hellstes Lied von Liebe,
Wie wird es stumm vor dieser stummen Thräne!

Achter Auftritt.

Doge. Donato.

Donato

(langsam vorwärts schreitend).

Francesco!

Doge

(überrascht sich wendend).

Du, Andrea? — Schon zurück?
Du trafst ihn nicht daheim!

Donato

(befangen).

Doch! auf dem Platze.
Zufällig traten wir uns in den Weg.

Doge

(ihn mit beiden Händen haltend).

Und welche Botschaft bringst du mir, Andrea?

(Da Donato nicht aufsieht, mit der Hand ihm den Kopf
aufrichtend.)

Hat sie mit deinem Antlitz was zu schaffen —
Bei'm Himmel! dann ist deine Botschaft schlimm.

Donato.

O Doge, laß es heute! — Höre lieber
Die andre Botschaft, die ich jetzt dir bringe.
Ein Jubelschrei durchhallt die ganze Stadt,
Daß du ihr neu als Doge dich geschenkt.
Ein Feuermeer soll dankend dir's verkünden.
Schon leuchtet rings der Marmor der Paläste,
Es zittern funkelnd all die dunkeln Fluthen,
Und wogen von der Gondel stürm'schem Drängen.
Und jauchzend Rufen — Gondoliergesang,
Kommt immer näher zum Palast gezogen. —
Sieh', Doge, so, so liebt dich dein Venedig.
(Man hört von fern Gesang, der auch durch die ganze Scene
immer näher und stärker tönt.)

Doge
(losbrechend).

Doch wie — wie haßt mich Pietro Loredano?
Für diese Botschaft hab' ich dich gesendet.

Donato.

O, Doge, sieh mich an, und frage nicht!

Doge
(zitternd vor Zorn).

Er wies mir meiner Tochter Hand zurück?
Nein — ganz unmöglich! — Sag'! hat er's gethan?

Donato.

Er that es, Doge.

Doge
(mit falscher Ruhe).

Und mit welchen Worten?

Donato.

O Doge, hör' auf deines Volkes Lieder!
Was soll des Einz'gen Hohn sie dir vergällen?

Doge.

Nein, wissen will von ihm ich jedes Wort,
Wie du auch ihm von mir jed' Wort gesagt.
Mit welchen Worten warf mein Kind er weg?

Donato.

So willst du's wirklich wissen?

Doge.

Ich befehl' es!

Donato.

So hör': „Nie soll der Name Foscari —
In eines Loredano Hause tönen!
Denn wie Venedig's Fluch kling' ihm der Name," —
So sagt' er mir mit höhn'schem Grimm — „er sei
Und bleibe deiner Herrschaft alter Feind,
Sei Feind dem neuen Kriege gegen Mailand,
Vergeuder sei'st du venetian'schen Blutes!"
(Lautes Rufen des Volkes, inmitten des immer stärker werden-
den Gesanges.)
Doch hörest du des Volkes Jubelruf?
Auf diesen horch! — das ist Venedig's Stimme!

Doge
(vor sich hinbrütend).

Er bleibe meiner Herrschaft alter Feind?
Sei Feind dem neuen Kriege gegen Mailand?

(Ruf von der Straße.)

Francesco Foscari, Heil unserm Dogen!

Donato.

Hörst du das Volk? — Es segnet deinen Namen!

(Der Gesang ist ganz nahe, und währt bis zum Schlusse.)

Doge
(heftiger).

Vergeuder sei ich venetian'schen Blutes?
Und wie Venedig's Fluch kling' ihm mein Name? —
Das sagt er mir, dem Dogen Foscari,
Der ich Venedig groß gemacht, wie Keiner?

Donato
(den Dogen gewaltsam immer näher zum Hintergrunde ziehend).

Tritt zum Altane! Zeig' dich deinem Volk!
Das ungestüm nach deinem Schau'n verlangt!

(Beleuchtung von außen, alle Schiffsmaste prangen in farbigen
Lampen.)

Sieh her, in Strahlenwogen schwimmt die Stadt —
Es wogt der Marcusplatz ein rauschend Meer!
Das Alles übertäubt den Hohn des Einen!

Doge
(sich gewaltsam zusammenraffend).

Ja, du hast Recht! Es soll mich übertäuben!

(Rasch zum Hintergrunde tretend, mit lautester Stimme.)

Venedig's Volk! — da hast du deinen Dogen!

(Auf der Straße lauter Volksjubel und rauschende Fanfaren.)

Der Vorhang fällt.

Ende des ersten Aufzuges.

Zweiter Aufzug.

Insel Murano.

Ueppiger Garten mit hohen Bäumen und Sträuchen. Rechts
eine vorspringende Veranda. Links im Vordergrund vor einem
reichen Boskett mit einer Statue eine Ruhebank. Im Hintergrunde über dem Meere Venedig.

Erster Auftritt.

Marina
(zum Vordergrunde tretend).

Genesen soll ich hier von meiner Krankheit?
O kind'sche Heilkunst, dich verspotten muß ich. —
Genesen soll mein leidumflorter Geist
Vom Duft der Bäume und dem Hauch der Wogen,
Draus diese Stadt zu mir herüberschimmert,
Drin mir in frühem Grab drei Söhne liegen! —
(Nach kleiner Pause.)
Ja, 's ist mein unerschütterlicher Glaube:
Da Einer nach dem Andern von den Dreien
Aus vollster Blüthe langsam hingewelkt
In diesem unglücksel'gen Dogenhause —

Das war des Himmels mahnende Vergeltung
Für all' die hundert Opfer, die ihr Vater
Venedig's tiefentmenschter Staatskunst weihte. —

(Erregt.)

O wär' er jetzt nur von dem blut'gen Stuhl
Herabgestiegen, daß nicht neue Sünde
Durch ihn geboren würd' und meine Angst
Um meinen letzten Sohn zu Grabe sänke! —
Doch ach, auch dieses Hoffen schlug mir fehl.

(Sie setzt sich im Vordergrunde links auf die Bank vor dem
Boskett.)

Ich glaub' an nichts, an nichts mehr in Venedig,
Als an mein stummes, bittres Mutterleid.

Zweiter Auftritt.

Marina. Laura, in freudiger Hast von links kommend
und sich an Marina anschmiegend.

Laura.

O Mutter, liebste Mutter!

Marina.

Kind, was ist dir?

Laura

(nach rechts deutend).

Ach sieh', dort stößt ein Boot an's Ufer. Mutter!
O das ist er — Jacopo! — Schilt mich nicht!
Der Vater selbst versprach mir gestern Abend,
Daß er als Bräutigam mich hier begrüße.

Ich ließ ihm rasch die sel'ge Botschaft melden.
Vergieb mir, daß ich's wagte . . . und nun kommt er!
O zürnst du mir, daß ich mich also freue?

Marina

(sie umhalsend).

Ach sei du froh, mein Kind! — dem morschen Stamm
Thut seines Zweiges harmlos Blühn so wohl! —

(Nach rechts blickend.)

Doch sieh, das Aug' der Sehnsucht täuschte dich.
'S ist nicht Jacopo — ein ganz Andrer ist es!
Unheimlich lauernd schaut er um sich her.
Und jetzt seh' ich den Vater rasch ihm nahen;
Voll finstrer Hast bespricht er sich mit ihm.
Doch freilich, von Venedig kommt der Mann,
Was kann er anders bringen, als nur Unheil?

(Rasch sich erhebend.)

Komm', Kind — nach Haus! die Luft wird dumpf und schwer,
Und allen Gottesfrieden spür' ich weichen.

Laura

(ängstlich).

Was sagst du, Mutter?

Marina

(sie nach links mit sich fortziehend).

Komm! — Nach Hause, Tochter!

(Beide links ab.)

Dritter Auftritt.

Der Doge und Bevilacqua, im Mantel, kommen von
rechts.

Doge

(mit halber Stimme).

Und bist du dessen ganz gewiß, Michelo?

Bevilacqua.

O hoher Herr, Ihr sollt mich „Schurken" heißen,
Wenn ich euch falsche Kundschaft hinterbringe.
Und sagt, wann hätt ich's je gethan, so lang
In euerem geheimen Dienst ich stehe?

(Ein Papier hervorziehend.)

Im Rath der Zehn könnt Ihr bei diesen Sieben
Ganz sicher auf ein „Schuldig" Euch verlassen.
Einstimmig sprachen sich die Sieben aus:
Da Pietro Loredano Euch so höhnisch
Auf euern neuen Kriegsplan ließ entgegnen,
Hab' er als Feind Venedig's sich erwiesen.

Doge

(das Blatt durchlesend).

Doch sag' mir noch, ermahntest du sie auch,
Daß sie sich wider Saffi stark erweisen?
Denn er, ich weiß zu gut, er haßt mich tödtlich,
Zumal ich ihm auch für den neuen Krieg
Noch erst heut früh den Admiral verweigert,
Und alle seine Tücke setzt er dran,
Um Loredano's Urtheil zu vereiteln.

Bevilacqua.

O gnäd'ger Herr, habt darum keine Sorge!
Pietro Loredano lebt nur noch,
Daß Ihr ihm könnt das Todesurtheil sprechen.

Doge.

So ist es gut. Ich traue deinem Wort,
Das nie mich täuschte. Eile denn, Michelo!

(Eine Rolle aus dem Kleide ziehend und sie ihm gebend.)

Besorg es bei den Staatsinquisitoren,
Daß noch die Nacht ihn unter'm Bleidach finde,
Und morgen steh' er vor dem Rath der Zehn!
Hörst du? — Besorg' es gut! — Bei deinem Kopfe!

Bevilacqua
(mit Ironie).

Ich habe ja nur einen, Euer Gnaden!

(Heimlich thuend.)

Doch, daß Ihr seht, wie sehr ich mich bemühe,
Mir euer hoch Vertrauen zu verdienen,
So wißt! auch in den jungen Köpfen spuckt es
Vom Umsturz aller alten Staatsgesetze,
Sie sind dem jungen Volk zu streng . . . .

Doge
(auffahrend).

Unmöglich!

Bevilacqua.

Sie murren über eure Härte. —

Doge

(einfallend).

Kannst du
Mir Namen nennen?

Bevilacqua

(langsam, wie sich besinnend).

Da zum Beispiel . . . .

Doge

(haftig).

Wer?

Bevilacqua.

Wohl Einer, den Ihr drunter nicht vermuthet,
In euerm Haus ein sonst gar lieber Gast —
Des Girolamo Barbarigo Neffe — —

Doge

(ihm in die Rede fallend).

Wie — Paulo — meines Sohnes Freund? — du lügst!

Bevilacqua

(eisig kalt).

Und doch, o Herr, ist es ein altes Wort,
Daß man oft Nattern nährt am eignen Busen.

Doge

(sinnend).

Der tolle Brausekopf — soll der dem Staat
Gefährlich sein?

Bevilacqua.

Ein wahres Gift ist er
Der venetian'schen Jugend, um so stärker,
Als er, auf eures Hauses Freundschaft pochend,

Allüberall mit zügellosem Witz
Benedig's strenges Regiment verhöhnt.

Doge
(mit plötzlicher Kälte).

Hast du Beweise?

Bevilacqua.

Zeugen kann ich schaffen.

Doge.

Für jetzt genug! — Wir reden noch davon.
Erst Pietro Lorevano! — Und nun geh'!
Du hast es gut gemacht! — Ich bin zufrieden.

Bevilacqua
(keck).

Zufrieden nur? — O hocherlauchter Doge,
Verzeiht es mir! Für solch besondern Dienst,
Dächt' ich, gebühr' mir auch besondrer Lohn!

Doge
(aufbrausend).

Was — Lohn! — Du stehst im Dienst der Republik,
Die wahrlich überreich dich schon bezahlt.
Drum ein für allemal! Gewöhn' dir's ab,
So schamlos keck mich anzubetteln. — Wiß,
Daß ich der Doge bin und du sein Spürhund,
Der danken muß, daß ich ihn füttern lasse.
(Seine Börse ihm hinwerfend.)
Doch da — da hast du was! — Nun spute dich!
Nochmals bei deinem Kopf! — Besorg' es gut!

Bevilacqua

(ihm den Mantel küssend, höhnisch).

O tausendfachen Dank — und bleibt mir gnädig!

Doge

(zur Seite tretend).

D e r überkecke Wicht! — Noch diesen Dienst,
Und es ist höchste Zeit, ihn wegzujagen.

Bevilacqua

(den Beutel aufhebend und ihn wägend).

So leicht nur? — und für solchen schweren Dienst?
Und seinen Spürhund hat er mich geheißen? —
O kluger Doge — dießmal warst du — dumm!

(Nach rechts ab.)

Vierter Auftritt.

Doge

(der indessen das Blatt wieder durchlesen, in den Vordergrund
tretend).

So ist's geschehn, Pietro Loredano!
Jetzt endlich, du geheimer Feind Benedig's,
Tritt zwischen mich und dich das Staatsgesetz,
Im offnen Richteramt den Streit zu schlichten,
Den abermals dein Hohn mir angekündigt,
Zum neuen Schaden für Benedig's Größe. —

(Pause.)

Dein Urtheil ist so gut wie schon gesprochen! —
Und auf Benedig's Ruhmestafel schreib' ich

Mit deinem Blut auf's Neue die Gesetze,
Durch deren unerbittlich strenges Walten
Ich also hoch den Staat zur Macht erhoben,
Auf daß dein Anhang zitternd soll erkennen; —
Auch den Gewaltigsten vernichten sie.

(Feierlich.)

Ein heil'ger Spiegel ist die Republik,
Und wer ihn trübt mit einem Hauche nur,
Und wär's nur ein geheimes Wehn des Geistes,
Der hat zum Odemzug kein weitres Recht,
Als ihn im Todesseufzer auszuhauchen.

(Er wendet sich nach rechts.)

Fünfter Auftritt.

Jacopo Loredano tritt dem Dogen von links rasch in den
Weg. Der Doge starrt ihn einen Moment erschrocken an.

Doge

(mit befangener Stimme).

Was sucht — Ihr mich — Jacopo Loredano?

Loredano

(auf's höchste überrascht).

Ich — Doge — ich? — Wie konnt' ich Euch so schrecken?
Und doch erkanntet Ihr mich? — Seid Ihr krank?

Doge

(sich rasch fassend).

O nein — nicht krank. Nur hat das lange Fest
Mir schlaff die Sehnen abgespannt. — Ich spür's:

Des Alters höchst Gebot ist Maß und Regel.
Und nun seid mir gegrüßt! — Was führt Euch her?

Toredano.

O, Doge, könnt Ihr mich so kalt drum fragen?
Mich trieb der Sehnsucht ungestüme Fluth
Zu dieser Insel, drauf mein Lieben wohnt.
Habt Ihr nicht selbst dem theuren Kind versprochen,
Daß hier, dieß Eiland, ihr den Bräutigam
Entgegenführt? — Da bin ich. — Wo ist Laura?

Doge
(verwirrt).

Ihr seid zu stürmisch — und nicht also kann ich —

Toredano
(mit Innigkeit einfallend).

Ich weiß, was Ihr mir sagen wollt — ich weiß es,
Und schwer belastet es mein Gemüth. —

(Ihm den Arm umlegend.)

Sagt, Doge, ist es nicht uralte Wahrheit:
Ein einz'ger Tag, er trennt oft alte Freunde,
Versöhnung alter Feinde braucht oft Jahre! —
Und Ihr verlangtet sie in einer Stunde —
Durch einen fremden Mittler! — O gesteht,
Ihr habt zuviel verlangt vom Menschenherzen!
So eilig läßt sich nicht von dreißig Jahren
Die tiefgetret'ne Spur der Feindschaft ebnen,
Daß die Versöhnung drauf den Einzug hält. —

(Mit steigendem Affekt.)

O, mir dem Sohne, mir, nicht fremder Hand,
Mir einzig überlaßt das Mittleramt! —

O, Doge, meines Vaters Herz ist tief,
Gar tief geborgen liegt sein goldner Schatz!
Doch lasset mir nur Zeit, vertraut mir nur!
Mit meiner jungen Liebe lauterm Licht
Steig' ich hinunter in die tiefste Tiefe,
Und der Versöhnung reinstes Gold — ich bring's Euch,
Für mich und euer Kind zum Ring der Treue.
Nur laßt mir Zeit, und wehrt nicht unsrer Liebe!

Doge
(für sich).

Was sag' ich ihm?

(Laut).

Jacopo — lassen wir's!

Loredano
(plötzlich nach links schauend, stürmisch).

O seht, dort tritt sie eben an den Teich,
Und lockt die Schwäne zu sich. — Laßt mich hin!
Vor Sehnsucht brenn' ich — Vater! Ja — Ihr müßt!
(Er enteilt rasch nach links.)

Sechster Auftritt.

Doge.

Ihr müßt? — Und wahrlich, er hat Recht — ich muß.
So bannte mir sein stürmisch Wort die Zunge.
(Sinnend.)
Vergaß ich über'm Vater doch den Sohn.
Und jetzt erst tritt es näher an mein Herz:
Von Pietro Loredano's Todesnacht
Fällt tiefer Schatten auf mein eignes Haus,

Denn meiner eignen Tochter Glück zerstör' ich,
Und sorglich liebend häng' ich an dem Kinde.

(Innehaltend.)

Soll ich die That drum ungeschehen machen?
Begnüg' ich mich statt ihrer mit der Hoffnung,
Daß noch dem Sohn gelingt, was mir mißrathen? —
Noch wär' es Zeit — noch hätt' ich's in der Hand.

(Erregt.)

Und doch — wann hätt' ich je das Staatsgesetz
An eines Hauses Glück erwogen? — Niemals!
In der Gerechtigkeit liegt meine Macht!
So will ich selbst mich an mir selber stärken,
Da mich des eignen Hauses düstrer Schatten
Nicht schrecket, wenn's den Glanz Venedig's gilt.

(Nach links schauend.)

Da kommen sie. Soll ich es ihnen wehren?
Nein, jeder Einspruch will mir unklug dünken,
Nur allzufrühe werden sie's erfahren.
Ich will auf's Meer hinaus mit den Gedanken.
Wie's mich auch schmerzt, ich kann und will nicht anders.
Auch Kindesglück darf an den Staat nicht reichen,
Auch vor dem Vater muß der Doge gehn.

(Ab nach rechts.)

Siebenter Auftritt.

Laura und Loredano kommen von links.

Loredano.

Ja, theure Braut, was Alles dir ich danke,
Das kann ich nimmermehr dir völlig sagen.

Denk' dir den Himmel, wolkenschwer umhangen,
Von Blitzen stets durchflammt, von Sturm durchbraust —
Das war mein Leben, eh' ich dich geliebt.
Der Zorn war meines Herzens liebster Gast,
Und Argwohn sein getreuester Gefährte. —
Auf jedes Menschen Stirne sah mein Auge
Das Brandmal niedern Sinnes eingeprägt.
Mein Glauben an die Menschheit lag im Sarge,
Und neben ihn gebettet all mein Freuen,
Daß schwarze Nacht mir oft den Geist umhüllt,
Und ich die Todten um den Tod beneidet. —

Laura.

O schweigt, Jacopo, denn Ihr schrecket mich!

Loredano.

Nein, süße Braut, ich mußte dir es sagen,
Du lichte Sonne, deren goldner Glanz
Von jedem Sturm mir so den Himmel klärte,
Daß duft'ge Rosen nur sein Blau durchschweben —
Hochfliegende Gedanken meiner Liebe!
Von deiner Seele Hauch erstand verklärt
Mein todter Glauben an die Welt dem Sarge,
Und schritt wie Morgenroth durch meinen Geist,
Daß er erschauert' ob dem neuen Tage,
Mit neuer Menschenliebe mich umflammend.

Laura.

Und euer Zorn, Jacopo? — Brauch' ich nimmer
Vor ihm zu bangen?

Loredano.

O, von dir gesänftigt
Ward er ein heil'ger Zorn, ein stummer Wächter,
Der auf des Heil'gen Uebertreter lauert.
Dann springt er auf, der alte, wilde Tiger,
Den Frevler schlägt er unerbittlich nieder,
Und wieder legt er sich zur stummen Wache. —
So hast zum Tag du meine Nacht gezaubert.
Nun ahne draus die Liebe meiner Seele!

Laura.

Ja, mein Geliebter, deiner Liebe glaub ich,
Sowie des Leuchtthurms Licht der Schiffer glaubt.
In deinen Augen sonnt sich meine Seele,
Frohlockend breitet sie die jungen Schwingen,
Und wiegt sich hoch am Himmel deiner Liebe —
So hast auch du, Geliebter, mich verzaubert!

(Mit tiefer Wehmuth.)

Ich kann dir ja nicht sagen, welch ein Leid
Geheimnißvoll auf unserm Hause lastet.
Der Brüder früher Tod, der Mutter Schwermuth
Durchklingen's wie ein stetes leises Klagen;
Des großen Dogen hochbeneidet Kind,
Still trauernd sah es in des Lebens Morgen,
Drin stets aus Schleiern nur die Sonne sah.

Loredano.

O, so geheimes Leid hast du gelitten?

Laura.

Du hast mir's all genommen, mein Geliebter!
Und du nur in Venedig hast's vermocht,
Du ernster Mann, aus dessen dunkeln Augen
Dein hoher Geist so hehr den meinen grüßte,
Daß gleich ich spürte, sie sind tiefverwandt,
Daß bald ich hörte sie zusammenklingen,
Zwei Harfen von des Lebens Ernst besaitet, —
Und drum von Liebe dreimal tiefer rauschend —
Denn was ist Liebe ohne heil'gen Ernst?

(Sich an ihn anschmiegend.)

Ach, mein Geliebter, halte mit mir Wacht,
Daß diese Harfen nie, o nie verstimmen!
Daß alles Erdenleid sie überklingen,
Hell singend nur das hohe Lied der Liebe!

Loredano.

O sieh hinaus zum stillen blauen Meer,
Drin sich des Himmels leuchtend Auge spiegelt!
Das soll ein Vorbild sein von unserm Leben!
Und dieser Kuß sei meiner Worte Pfand!

(Er umarmt sie.)

Laura.

O Gott, sei gnädig, daß es sich erfülle! —
Doch jetzt, Jacopo, muß ich heim zur Mutter,
Es dämmert schon, da braucht ihr Herz mich doppelt.
O liebster Mann, so laß mich von dir scheiden,
Und meine Sehnsucht soll dich heimwärts führen,
Daß sie dich bald mir wieder bringt! — Fahr' wohl!

Loredano

(sie auf die Stirne küssend).

Du süßes, du mein neues — heitres Leben!

Laura

(links abgehend, kehrt noch einmal zurück, ihn stumm umarmend, und eilt rasch ab).

Loredano

(ihr nochmals winkend, setzt sich).

Bist du es noch, Jacopo Loredano?
Der finstre Mann, wie mich Venedig schilt? —
Ich selber staune, so bin ich gewandelt.
Doch noch viel tiefer staun' ich, daß auf Erden
Es solchen tiefglückfel'gen Himmel giebt,
Für den ich fast nur weinend danken kann.

(Er stützt träumend sein Haupt in die Hand.)

Achter Auftritt.

Loredano. Saffi. Später Battista.

Saffi

(tritt von rechts spähend auf. Wie er Loredano erblickt, tritt
er auf ihn zu, ihn auf die Schulter schlagend).

Jacopo!

Loredano

(auffahrend).

Saffi!

Saffi.

Träumer! Nach Venedig!
Zu deinem todten Vater! — hörst du? — todt —
Durch Gift gemeuchelt!

Loredano

(außer sich).

Lügner aus der Hölle!

Saffi.

So soll mich Gott verfluchen, wenn er lebt!
Ich selber drückt' ihm noch die eis'ge Hand,
Sein letzter Seufzer war: „mein Sohn, Jacopo!" —

(Mit leiser, zorniger Stimme.)

Und diesen Todesseufzer deines Vaters, —
Den schleudr' ich dir jetzt in dein Paradies,
Drin thöricht du geschwelgt mit dessen Kind,
Der unterdeß Dir ließ den Vater morden. —
Verstehst du mich — Jacopo Loredano?

Loredano.

Nein! — Nein! — Beim Himmel und der Hölle — nein!
Es ist nicht wahr! — du lügst! — Mein Vater lebt!

Saffi.

Das ist mein Dank, daß ich so hergeeilt?
So höre diesen, daß du gläubig wirst!

(Er zieht den Diener Battista aus der Coulisse rechts.)

Battista

(in Trauer, vor Loredano auf's Knie sinkend).

Ach armer, gnäd'ger Herr!

Saffi.

Nun, Loredano,

Nehmt Ihr mir wohl den Lügner wieder ab?
In meinen Armen haucht' er aus —

Battista

(sich erhebend).

Ja, Herr,

Nur Signor Saffi durfte bei ihm bleiben.
O drum vergebt mir, daß ich ihn verließ!

Saffi

(sich umschauend, leise).

Und sterbend zieh er dieses Mords den Dogen. —

Battista.

Ja, gnäd'ger Herr, so glaubt es ganz Venedig!

Toredano

(außer sich).

O geh', Battista! — Saffi, geh! — fort — fort! —
O — o! — Es ist zu viel! — Mein armer Vater!
O Gott — 's ist wahr! Kein Andrer war's, als er —
'S ist sonnenklar und Alles trifft zusammen.
Drum war er so vor mir erschrocken — o!
Mein armes — neuerstandnes, lichtes Leben! —

(Er ist in die Kniee gesunken und weint bitterlich.)

Saffi.

Jacopo! — Fasse dich! — du bist ein Mann! —
Ein Venetianer von der ächten Art,
Dem nicht ein Andrer erst zu sagen braucht,
Wie du in Rache sollst den Schmerz ersticken!

Toredano

(noch knieend, zerschlagen, mit gedämpfter Stimme).

O geh! — Thu' mir's zu Liebe — laß mich, Saffi! —
Es ist mein Schmerz so riesengroß und heilig,

Daß jedes Menschen Blick ihn mir entweiht.
Laß mich allein mit meinem Schmerz — allein!
Von meines Vaters Geiste nur gesehen,
Und nur von ihm gehört! — Hab' Mitleid — geh'! —

Saffi.

O ich verstehe dich — und wart' am Strande.
(Geht mit Battista rechts ab.)

Neunter Auftritt.

Laura tritt angstvoll im Hintergrunde auf.

Loredano

(mit Anfangs gebrochener Stimme).

Fahrt wohl, ihr Thränen! — Ihr, die allerherbsten,
Die ich geweint — will ich als letzte trocknen.
Versiegt sei euer Quell für Leid und Lust! —
Verdirb, du meiner Liebe Zaubergarten!
Zur Steppe sollst du werden, hoch im Norden,
Wo alles Blühn im ew'gen Eis erstarrt,
Wo grauer Nebelduft jed' Licht begräbt,
Auf's Schneegefild im Sturm der Winternacht
Nur grellen Schein's blutroth das Nordlicht leuchtet! —
Fahr' hin, du blöder, aberwitz'ger Glaube,
Mit dem die Menschheit wieder ich umfangen!
Den Deckel deines Sarges schlag' ich zu,
Daß kein Posaunenstoß ihn öffnen soll. —
Doch du, o Rache, grimmige Hyäne,
Die aus den Gräbern noch die Todten scharrt,

4 *

Nur du allein sollst meine Herrin sein!
Du sollst mein Hoffen werden und mein Lieben!
Und dienen will ich dir mit solchem Eifer,
Daß, so lang Söhne ihre Väter rächen,
Man von dem grimmsten Rächer sagen soll:
Er rächte — als Jacopo Loredano. —

(Mit feierlicher Ruhe.)

O mein gemordeter, verklärter Vater,
Mit Grollen hast du heut mich ziehen lassen!
Bist du im Tode jetzt mit mir zufrieden?

Laura

(welche mimisch den ganzen Monolog mit durchlebt hat, tritt
bei den letzten Worten in den Vordergrund.)

Nein! — Beim Barmherz'gen — nein! — Er ist es nicht! —
O deiner finstern Flüche schwerem Flügel
Flog dreimal schneller meine Liebe nach,
Und holte vor dem Himmel sie noch ein,
Und trug sie wieder nieder auf die Erde.
Sie sind im Wind zerronnen! — Ach, Geliebter!
So schnell war meiner Liebe Zauber hin?
Doch Gott sei Dank! — Ich kam zur rechten Stunde.

Loredano

(eisig kalt).

So lauschtest du? — Und hörtest du denn auch,
Wer meines Vaters finstrer Mörder ist? —

Laura.

Bei dem Allmächt'gen — nein! Das hört' ich nicht,
Und nimmer will ich seinen Namen wissen.

Doch, wer's auch sei, der unglückfel'ge Mann —
O was du vorhin mit dir sprachst, war gottlos!

Loredano.

So wähnst du wohl, so leichthin läßt der Sohn
Den Vater morden? — O, so faule Großmuth,
Verwäffert nicht das Blut der Loredano. —
Leb' wohl! Denn nach mir ruft ein todter Vater!

Taura

(in heftigfter Bewegung ihn am Arme zurückhaltend, da er sich
nach rechts wendet).

Nein! — Nein! — So ruft dein Vater nicht nach dir!
Mit solchem nächt'gen Dämon in dem Herzen
Will er dich nicht an seiner Leiche schauen.
Denn wiß, dein Vater ist dorthin gegangen,
Wo jede Leidenschaft vom Geiste fällt,
Wie wintrig Laub vom lenzumstrahlten Baume.
O aus dem Reiche der Verklärung streckt
Dein Vater helfend mir den Arm entgegen,
Daß ich mit deinem Dämon ringen soll.

(Ihn umschlingend.)

Und so umfaff' ich dich, und laff' dich nicht,
Bevor ich diesen finstern Geist bezwungen. —
Nur Gottes Arm sollst du den Frevler lassen,
Daß er ihn schlage, wie und wann er will!
Doch du, Jacopo, reiß' nicht eigenmächtig
Den Racheengel aus dem Himmel nieder!
Denn, glaube mir, mir sagt's ein tiefes Ahnen —
Wenn dieser Engel erst den Mörder traf,

Dann kehrt sein strafend Schwert er gegen dich —
Gen deiner Seele Frieden kehrt er's grimmig,
Und er verwundet ihn mit ew'ger Wunde.

Loredano

(stumpf).

So soll er's! — Denn ich bin darauf gefaßt.

Laura.

Jacopo, so verwirfst du meine Liebe,
In der ich wollte trösten und versöhnen?
O so zerschlägst du unsrer Herzen Bau,
Den ich als Weib, so treu, wie eins auf Erden,
Zur Wohnung reichsten Glück's dir wollte schaffen? —
So bricht denn unsrer Seelen selig Eiland
Hinunter in das Meer der Leidenschaft! —

(Groß.)

Denn deiner Rache wissende Genossin,
Ich kann sie nimmer werden! — o Geliebter!
Laß deine Rache — bleibe mein! bleib' mein!

Loredano

(nach kurzem Kampf sich aus ihrer Umarmung losreißend).

Geist meines Vaters! — Dein bin ich! — Ich komme!

(Geht rasch nach rechts ab.)

Laura

(die Arme nach ihm ausstreckend).

Jacopo! — Elend machst du dich — und mich!

(Sie sinkt in die Kniee.)

Der Vorhang fällt.

Ende des zweiten Aufzuges.

Dritter Aufzug.

Großer, von Säulen getragener Saal.

In der Mitte eine hängende, brennende Lampe. — Von links
leise Festmusik. —

Erster Auftritt.

Bevilacqua im rothen Domino, die Maske vor dem Ge=
sichte, nach links schauend. Saffi in festlichem Kleide kommt
aus dem Hintergrunde, mustert Bevilacqua und tritt dann an
ihn heran. —

Saffi
(Bevilacqua auf die Schulter schlagend).

He — Bevilacqua — seid Ihr's?

Bevilacqua
(die Maske abnehmend, spöttisch)

Gnäd'ger Herr!

Ihr wünscht etwas von mir?

Saffi
(geheim und vorsichtig).

Ihr wart geheim

Heut Abend bei Jacopo Loredano!
Und heute früh ward er im Rath der Zehn

Als neu ernanntes Mitglied erst vereidigt.
Was hattet ihr bei ihm zu schaffen? — Redet!
Es soll nicht euer Schade sein.

Bevilacqua

(spitzig).

Ei, Herr,
Was drängt Euch solche Neugier? — Euer Vater
Ward doch vom Dogen nicht vergiftet. — Wie? —
Doch, strenger Herr, von Euch erfuhr ich etwas.

(Sich umschauend.)

Es horcht doch Niemand? — 's wäre für Euch schlimm! —

Saffi

(verlegen).

Du lecker Schuft, was willst von mir du wissen?

Bevilacqua.

Pst! Euer Gnaden — pst! nicht laut und hitzig!

(Gedehnt.)

Pietro Loredano — hört Ihr wohl? —
Er gab — sich selbst — den Tod.

Saffi

(betreten).

Schamlose Lüge!

Bevilacqua

(spöttisch).

Ganz recht, Signor! die war's! — Drum sagt mir doch!
Wir sind ja hier allein und unbehorcht —

(Sehr heimlich.)

Wie steht's mit Loredano's Testament?

Saffi

(immer verlegener).

Mit welchem Testament? — Du faselst, Bursche!

Bevilacqua.

So, faseln — meint ihr? — Ei, bedenkt doch, Herr,
In jedem Haus, sogar in euerm eignen
Hab' ich Gehilfen meiner Kunst, — und also
Ward mir gesagt: in diesem Testament
Soll Pietro Loredano klar und deutlich
Mit eigner Hand es aufgeschrieben haben,
Daß er sich selbst das Gift gereicht, und zwar,
Weil er in seinem Stolze lieber stürbe,
Als er dem Dogen gönnte, über ihn
Den Stab zu brechen; denn er hatte Wind,
Daß er zur Nacht noch unter'm Bleidach sitze,
Und in dem Rath der Zehn verloren sei. —
Es sieht ihm auch ganz gleich; es stack in ihm
So was von einem trotz'gen — alten Römer... —

Saffi

(ihm in's Wort fallend).

Pah, albernes Geschwätz! Ihr sollt Euch schämen,
Daß Ihr, ein sonst so schlau verschlagner Späher,
Euch also foppen ließt!

Bevilacqua.

Je nun, Signor!
Das Foppen geht bei unserm Handwerk drein.
Doch hört nur, wie man weiter mich gefoppt! —
Ihr hört mich doch, Signor?

Saffi
(bei Seite).

Vermaledeit!

Bevilacqua
(immer sarcastisch).

Und dann, dann ward mir weiter weiß gemacht:
Kurz vor dem Tod hab' Pietro Loredano
Euch rufen lassen, als des Hauses Freund;
Und Euch hab' er dieß Testament vertraut,
Daß Ihr es seinem Sohn Jacopo gebet,
Den er des Morgens grollend von sich wies,
Weil um die Dogentochter er ihn drängte — —
Doch Ihr —

(sich ängstlich umschauend)
um's Himmels willen — 's horcht doch Niemand? —

(Mit höhnischer Heimlichkeit.)
Ihr unterschlugt dem Sohn das Testament,
Und gabt den Dogen ihm als Mörder an!
Aus purstem Edelsinn, des Selbstmord's Makel
Vom Haus des alten Freundes wegzuwischen —
O nicht im Mindesten aus übler Absicht! —
Denn wer kann überhaupt dem Dogen schaden? —
Ja, ja, so sagten mir die dummen Leute —
Heißt das — so ließ ich dummer Kerl mich foppen.
O Herr, — ich schäme mich auch ganz gewaltig.

Saffi
(rasch den Dolch nach ihm zückend).

O ich durchbohr' Euch!

Bevilacqua

(rasch ihm den Arm haltend — mit plötzlichem Ernste):

Thut das lieber nicht —
Ihr braucht mich noch! —

(Lauernd.)

Denn dieses Testament,
So gut Ihr's auch daheim verschlossen wähnt, —
Es ist nicht mehr in eurer Hand, Signor!

Saffi

(losbrechend.)

Du stahlst es mir, du ganz durchtriebner Schurke!

Bevilacqua

(triumphirend).

Ha, ha — so habt Ihr's also doch gehabt!
Ich dank' Euch für dieß offene Geständniß! —
Doch ich, ich stahl's Euch nicht — bei allen Heil'gen!
Ich weiß auch gar noch nicht, wo's stecken mag.
Nur noch von ferne wittr' ich seine Fährte,
Doch ich verzweifle nicht. — Venedig ist
Geheimer Spionirkunst hohe Schule —
Ihr Herren selber habt sie ja errichtet,
Und kennet meine Praxis aus Erfahrung! —
Auch dieses Testament werd' ich erspüren. —
Doch ihr begreift — dazu bedarf ich Geld,
Viel Geld; denn dieses Testament wiegt schwer,
Sehr schwer. — Drum scheltet mich nicht unbescheiden,
Wenn ich um eine Abschlagszahlung bitte.

(Mit hingehaltener Hand, ihn höhnisch in's Auge fassend.)

Wie — strenger Herr? — Beliebt — es — Euch?

Saffi

(mit Unmuth ihm seine Börse in die Hand drückend).

Da ist sie!
Doch wenn du nur ein Wort — nur einen Hauch — —

Bevilacqua

(keck).

Verletzt mich nicht! — Ich bin ein Edelmann! —
Und nun erfahrt: noch heute Nacht beim Feste
Wird sich Jacopo Loredano rächen —
Durch meine Hilfe.

Saffi

(mit der Bewegung eines Dolchstoßes).

So?

Bevilacqua

(die Hand auf den Mund legend).

Mehr weiß ich nicht.
Doch, Herr, für Euch noch einen guten Rath!
Wenn jemals Euch geheimer Kitzel käme,
Als unbequem mich aus dem Weg zu räumen,
So rath' ich Euch — gebt diesem Trieb nicht nach!
Denn wißt, Signor Michelo Bevilacqua
Hört in Venedig mit viel hundert Ohren,
Und hundertfältig ist sein scharf Gesicht;
Und hundert Dolche folgen seinem Wink.
Nicht einmal denken dürft Ihr meinen Tod!
Drum bleibet ängstlich fern von meinen Netzen! —
Mir wäre leid um euer edles Leben!

Saffi

(mit vor Zorn erstickter Stimme).

Schamloser Wicht — wie wagst du solche Sprache —
Zu mir — — dem hohen Haupt des Raths der Zehn?

Bevilacqua.

Je nun, wir sind ja hier nur unter uns,
Und besser ist, Ihr wißt, woran Ihr seid!
O draußen will ich vollauf Ehr' Euch geben,
Doch hier — mein Gott! O Ihr versteht mich ja! — —

(Plötzlich nach links im Hintergrunde deutend.)

Seht her — dort tritt er eben durch die Säulen!
Befragt ihn selbst, wie er sich rächen will.

Saffi

(im Abgehen).

Mach' deine Sache gut!

Bevilacqua.

Und Ihr — seid klug!

(Saffi wendet sich zum Hintergrunde nach links.)

Zweiter Auftritt.

Bevilacqua

(allein).

(Den Inhalt des Beutels musternd.)

Ah sieh — 's wiegt ziemlich schwer und Gold ist's auch.
O Marco Saffi, du bist mein geworden! —
Wie viel noch solcher Säckel wird dir's kosten,
Bis ich das Testament heraus dir gebe,
Das ich dir stahl — mein schlau'stes Meisterstück,

So lang Mercur mein gnädiger Patron! —
Und dir, Signor Jacopo Loredano,
Welch eine Rechnung werd' ich dir erst machen!
Fürwahr ein prächt'ges doppeltes Geschäft! —
Das hast du nun davon, du geiz'ger Doge,
Daß deinem Spürhund du den Dienst gekündigt;
Nun hat er einen andern Herrn gesucht,
Und drückt auch dir den Giftzahn ein, wenn's ihm
Sein neuer Herr befiehlt, der besser füttert. —
Ei, hast mich ja zum Spürhund abgerichtet,
Nun spür' einmal an dir, wie beißen thut! — —
O all' ihr venetian'schen Nobile!
Wir Späher sind die ächten Herrn Venedig's —
          (Mit der Geldbörse klimpernd.)
Es lebe hoch die freie Republik!
          (Nach dem Hintergrunde ab.)

Dritter Auftritt.

Saffi und Loredano; dieser in schwarzem Domino, kom=
men aus den Säulen von links.

Saffi.

So sag' mir nur das Eine: eben sah ich
Als rothe Maske dort den Florentiner.
Er sagte mir, er sei von dir bestellt.
Ei sprich, soll etwa der des Dogen Schuld
          (mit der Bewegung eines Dolchstoßes)
Auf diese Art dir ausbezahlen helfen?
Dann eile, Freund! — Schon fließt der Cyperwein.

Da bleibt der Doge nimmer lang beim Festmahl —
Ich kenne seine Art. — Drum rasch an's Werk!
Und daß die rothe Maske schnell entrinne,
Dafür sorg' ich. Du weißt es ja, Jacopo,
Es ist mein Schmerz so bitter, als der deine.

Toredano.

O Marco,

(ebenfalls mit der Handbewegung eines Dolchstoßes)

mit so plumpem Kupferstück,

Wie's dem gemeinsten Gondolier genügt,
Glaubst du, daß ich mich ausbezahlen lasse
Für so ganz ausgesuchte Schuld, wo ich
Der Gläubiger und Schuldner gar der Doge,
Der mir das Leben eines Vaters schuldet? —
O nein! — Dafür werd' in Venedig's Münze
Ein eigen, kostbar Schaustück ausgeprägt
Mit seines Dogen Bild, daß seine Schuld
Und ihre Zahlung auf die Nachwelt komme.
Nun laß allein mich, wenn du auch mein Räthsel
Noch nicht verstehst, denn seine Lösung naht! —
Und dann, dann hilf auch du mir meine Fordrung
Vom Dogen einzutreiben!

Saffi

(einschlagend).

Zähl' auf mich!

(Ab nach links.)

Vierter Auftritt.

Loredano

(allein — nach links schauend —).

Hah sich, wie er den Becher jetzt erhebt!
Doch mich betrügst du nicht! — Des Sohnes Auge
Belauschet dich — du Mörder meines Vaters! —
Ha — heb' nur frei das Auge — lächle nur!
Ich sehe doch das Brandmal deiner That
Auf deinem Antlitz heimlich ausgeprägt.
Und wie dein Haupt sich mit Gewalt auch müht,
In reinen Herzens Hoheit sich zu tragen,
Ich sehe doch, wie des Gewissens Faust
Es niederdrückt zur Tiefe deiner Sünde.
Ja — wie an Gottes Dasein glaub' ich fest:
Du einzig bist der Mörder meines Vaters,
Und ganz Benedig soll dran glauben müssen!

(Pause.)

Ei so erlust'ge dich in falscher Laune,
Und brüste dich als glückumstrahlten Dogen!
Ich gönne dir's noch — ich, dein lauernd Schicksal.
Denn bis der stille Mond der Mitternacht
Auf deinem rauschenden Palaste steht,
Hab' ich dir deines Glückes stärksten Pfeiler
Mit kalter Hand zerschlagen, sowie du
Mir meines Hauses Säule heimlich stürztest!
Und öde will ich dir das Leben machen,
So trostlos öd', wie mir's durch dich geworden! —
Ach, meine ganze Welt ist eingesunken.

Verglommen all ihr Glanz, verdorrt ihr Blühn!
In gottlos niedern Haß verfiel mein Geist —
O krank bin ich an Rache — krank zum Sterben —
Der ärmste Bettler in der ganzen Stadt —
Ach — ein des tiefsten Mitleids werther Mann! —

(Er lehnt sich erschöpft an eine Säule.)

Fünfter Auftritt.

Laura in dunkelm Kleide ist bei den letzten Worten Loredano's
von rechts gekommen. Wie sie Loredano erblickt — steht sie
erschrocken, und geht auf ihn zu; Loredano bemerkt das, und
nimmt schnell die Maske vor.

Laura.

Jacopo!

(Da Loredano sein Gesicht abwendet.)
Was verbergt Ihr Euch vor mir?
O durch die Larve seh' ich Euer Aug'
In wildem Zorne flammen. — O was sucht
Ihr hier beim Festgelag', ein Trauernder
Um's Leben eines Vaters? —

(Da Loredano gehen will, mit steigendem Affecte.)
O Jacopo,
Ihr schweigt und wollet fliehen? — Ich laß' Euch nicht.
O gebt mir Antwort! — Beim Allwissenden!
Ihr habt was vor, das sich vor'm Lichte scheut!
Ein Argwohn, finstrer als die tiefste Nacht,
Den auszusprechen diese Lippen schändet,
Hat Euch den Geist umnachtet. — Seht mich an!

(Vor ihn niederknieend.)

Die Ihr im Liebesflug einst hoch erhoben,

Von Leid erniedrigt sink' ich hin und flehe:

O bei der Heiligkeit der ersten Liebe,

Die unsre Herzen einst so reich gesegnet,

Verwerfet Eures Argwohn's höll'schen Trug!

O glaubet mir — — die Euch jetzt retten will —

(Sie ergreift seinen Mantel, er reißt sich los und geht rasch in die Säulen links.)

Ihr stoßt mich weg — und geht? —

(Sich langsam aufrichtend, mit erschöpfter Stimme.)

O Gott — mein Gott!

Du bist allmächtig — halt' ihn du zurück!

(Nach rechts wankend.)

Beschütze du — dieß schwer — bedrohte Haus!

In deinen Schutz — befehl' ich meinen — Vater.

(Mit den letzten Worten ist sie in den Säulen rechts verschwunden.)

Sechster Auftritt.

(Der Doge tritt, während von innen Fanfaren ertönen, in reichem Festkleid, von Wein erhitzt, von links auf.)

Doge.

Ha, schmettert ihr Fanfaren auf mein Wohl!

Das labt mein Herz. — Ihr Gäste schwelgt und jubelt,

Bis euch das Morgenroth zu Schläfern macht!

Die Freundin meines Schlafes ist die Nacht,
Die meine Treue lohnt mit solchem Alter.

————

Und wahrlich! jetzt erst kann ich deß mich freuen,
Seit er dahin — Pietro Loredano.
Jetzt erst kann ich Venedig's Doge heißen,
Und ungehemmt vollend' ich seine Größe.

(Sinnend.)

Wer es wohl war, der so geheimnißvoll
Zuvorkam meinem offnen Urtheilsspruch?
War er es selbst? — Vergeblich müh' ich mich,
Das Dunkel dieses Todes aufzuhellen. —
Und doch — was kümmert's mich, wer es gewesen —
War er doch nur ein Werkzeug höh'rer Macht!

(Mit Wärme.)

Ja, Dank! Venedig's waltendes Geschick!
Du sahst, des Kindes Glück, ich wollt' es opfern!
Da übernahmst du selbst mein Richteramt! —
Und jetzt kann ich vor'm Sohne dieses Todten
Von jeder Mitschuld frei die Hand erheben;
Und nimmer scheidet sie der Beiden Herzen. —
O Dank, du gnäd'ge Vorsicht, daß du also
Dem Dogen halfst, Venedig's Feind verderben,
Und doch den Vater ließest Vater sein!

(Langsam nach rechts gehend.)

Ein neues Leben ist mir aufgegangen.
Willkommen Schlaf! — Willkommen froh Erwachen!

Siebenter Auftritt.

Der Doge. — Marina tritt von links erregt auf und nähert sich mit der Innigkeit einer Bittenden dem Dogen.

Marina

(ihm die Hand auf die Schulter legend, sehr warmen Tones).

Francesco! eh du schlafen gehst — ein Wort!
Ein einzig bittend Wort!

Doge

(kalt).

Was hast du, Weib,
In später Nacht? — Verdirb mir nicht den Schlaf!

Marina

(innig).

Nein, hör' mich an! — Ich kann es nicht verschieben. —
Noch jetzt um Mitternacht gieb mir Gehör!

Doge.

Und was kann also drängen?

Marina

(mit tiefster Weiblichkeit).

O Francesco!
Als ich dich heut vor'm Feste darum frug,
Was wohl dem Paulo Barbarigo sei,
Daß seit zwei Tagen unser Haus er meidet,
Da sprachst du, daß er nach Athen gesegelt.
Mich aber drängte seltsam dunkle Angst
Vor Abend noch in's Haus der Barbarigo. —
Ich kann dir nicht erzählen, wie ich's traf.

Mit einer Wüste nur möcht' ich's vergleichen,
Wo jede Freude von der Trauer Sandmeer
Verschüttet ist, und nur der heil'ge Glaube
Als immergrün Oasenland noch tröstet. —
Francesco — ach, ihn trug kein heitres Segel
Durch's kühle Meer zum sonnigen Athen.
Nein, unter'm heißen Bleidach schmachtet er.
Am früh'sten Tag steht er vor'm blut'gen Rath.
Auf schwarzem Boot zu jähen Todes Strande
Will ihn der Zehne grimmer Fährmann führen.
O bei der ewigen Barmherzigkeit!
Was hat Euch dieses junge Blut gethan?

Doge

(eisig kalt).

Du weißt, Marina, nie hab' ich geduldet,
Daß du dich weibisch einmengst in mein Amt!
Drum sag' ich dir: Venedig's hoher Rath
Wird richten, wie's das Staatsgesetz erheischt.

Marina.

O so verwirfst du meine heiße Bitte
Für unsres Hauses, unsres Sohnes Freund?

(Mit steigendem Affect.)

O Gatte — Vater — Doge, sieh mich an!
In aller Venetian'schen Frauen Namen,
Von ihrer Schmerzen Riesenlast beladen,
Beschwör' ich dich: — da dich die Republik
Auf's Neue nun zum Dogenamt gezwungen,
Erneue du auch jetzt den Geist Venedig's!

Laß ihn zur Sonne werden milden Rechtes,
Dran alle Grausamkeit wie Eis zerschmilzt!
Und Morgen schon — verschieb' es nicht! — beginn
Dein heilig Werk am Paulo Barbarigo!
Schließ ab der Willkür blutgetränktes Buch!
Und eine neue Zeit des Heils beginne
Für unsre Herzen und für ganz Venedig!

Doge
(erregter).

Du redest, wie's ein thöricht Weib versteht,
Die nie noch als Venetianerin
Die Republik geliebt, in deren Herz
Nie noch der Glanz von ihrer Macht gedrungen,
Der seine Strahlen wirft bis an die Pole!
Und wenn ein Geist, der diesen Glanz befleckt,
Hinweggewischt wird aus dem Buch des Lebens,
Aus heil'ger Nothwehr thut's die Republik! —
Des Hochverrath's zeiht man den Barbarigo,
Drum ist sein Leben werthlos in Venedig,
Und meines Hauses Freund ist er gewesen.

Marina.

Ein Hochverräther — er? Du kennst ihn doch!
O dieser harmlos heitre junge Mann!
Er wurde falsch verklagt — sprich du für ihn!
Ein unbewachtes Wort erregter Laune,
Wer will es zum Verbrechen stempeln? — Vater!
Den Freund beschütze deinem eignen Sohn! —

Schwer fällt dein Wort in seiner Richter Wage.
Du kannst ihn retten — o so rett' ihn auch!

Doge.

So? — Meinst du? — Nun, so sag' ich dir als Doge:
Gerade, weil er meines Hauses Freund,
Erheb' ich meine Stimme nicht für ihn.
Die Zeugen einzig sollen für ihn reden, —
Gerechtigkeit für ihn, wie für die Andern!

Marina
(voll edelster Entrüstung).

Gerechtigkeit! — O höhn'sche Lästerrede!
Meineid und Folterqual sind eure Zeugen,
Und auf dem Richterstuhle sitzt der Mord!

Doge
(auffahrend).

Marina, wessen Worts erkühnst du dich?
Im Namen Gottes wird bei uns gerichtet!
Doch welches Recht habt Ihr, ihr Weiber,
Euch in der Männer Staatskunst einzudrängen?

Marina
(mit höchster Begeisterung).

Vom ew'gen Himmel stammt es, wie das eure!
Denn, wenn die starken Männer es verachten,
Des göttlichen Gesetzes Hort zu hüten,
Stehn schwache Frau'n als Wächterinnen ein. —
Und sieh, von euerm heuchlerischen Staate
Reißt diese Mutterhand der Lüge Schleier.

Und in den prahlerischen, goldnen Hallen,
Da liegt, von Euch zertreten und verhöhnt,
Entstellt in ihrer königlichen Schöne,
Die Menschlichkeit, das gottgeliebte Weib,
Das Ihr im Namen Gottes schnöd mißhandelt,
Die Mutter alles Rechts — das Heil der Völker,
Der Fels der Staaten und der Herrscher Macht! — —

Doge

(rasch sie unterbrechend).

Der Wahnwitz eines Weibes spricht aus dir!

Marina

(mit immer höherer Gluth).

Des Todes würdig dünkt Euch jeglich Denken!
Im Bürgerblut stehn eures Staates Säulen!
Und Alle hat die Lüge hingemordet,
Daß an der Republik sie sich versündigt,
An ihr, dem finstern Grab von aller Freiheit! —
Sieh, Doge, das, das ist Venedig's Heil,
Deß Ihr Euch also rühmt, Ihr freien Männer —
Ihr freiheitsgleißenden Republikaner!
Und eher wollt' ich, daß ringsum das Meer
Aufwirbelte, zu blut'gem Gischt gewandelt,
Und diese Stadt des Mords in sich verschlänge,
Mit Allem, was da prahlend in ihr heuchelt,
Eh daß noch einmal nur ein einzig Herz,
Schuldlos von Euch gemordet, in ihr blute —
Sieh her, das ist der Wahnwitz eines Weibes! —

Doge
(mit erzwungner Kälte).

Du stehst, Marina, kalt ließ ich dich reden,
Und ich bereu' es, daß in übelm Eifer
Ich nur mit einem Wort dich drum gescholten.
Hier — in dem Herzen trag' ich meinen Freibrief,
Darin mit goldner Schrift geschrieben steht,
Was mir Venedig ist, was ich ihm that,
Und was ich fürder dafür opfern kann.
Des Weibes Geist vermag es aber nicht,
Den Inhalt dieses Freibrief's zu erfassen.
Doch — bei San Marco, der Venedig schützet! —
Wär' es mein eigner heißgeliebter Sohn,
Der an dem Staate sich versündigte —
Ich würd' als Vater auch nicht seiner schonen!
Ein zweiter Brutus spräch' ich ihm das Urtheil —
Venedig's eiserner — gerechter Doge.

(Im tiefsten Hintergrunde schreitet Loredano im Amtskleid,
von Häschern begleitet, über die Bühne nach links.)

Marina
(in angstvoller Erregtheit).

O Gott, Francesco — eisig überläuft's mich —
Am ganzen Leibe zittr' ich — komm, o hilf mir
Dein fürchterliches Wort der Luft entreißen,
Bevor sie's weiter trägt an's Ohr des Feindes,
Und in dem Hinterhalt das Unheil weckt.
O Vater, ruf's zurück, dein grauses Wort! —
Erinn're dich, — daß du dich nicht verzählst!
Wir haben ja nur noch den einz'gen Sohn! —

Die andern drei, weißt du? — sind heimgegangen!
Und aller Mutterliebe heil'ge Gluth,
Die ich den Dreien in das Grab gesenkt,
Die Geister seiner Brüder sandten sie
Für ihn, den Einzigen, mir wieder heim.
So ist er nun mein vierfach Heißgeliebter!

(Niederfallend.)

O Vater, sieh, dein Wort, es warf mich nieder.
Ach nimm's zurück, dein grausam sündig Wort!
Du bist nicht Doge nur, du bist auch Vater!
O fürchte, daß dein Maß nicht überfließe!
Denn auch auf deiner Seele lastet Schuld. —

Doge

(höchst erregt).

Auf meiner Seele Schuld? — Was schwatzest du?
Gott ist mein Zeuge, wie gerecht ich bin.
Und nun — gut' Nacht! — und geh zu deinen Gästen!
(Die Musik bricht plötzlich ab, daß es auch dem Zuhörer deut=
lich werden muß. Von links dumpfer Lärm.)

Marina

(in höchster Angst).

Du heil'ger Gott! — Wie plötzlich die Musik
Verstummt! — Welch' wirr Getöse dringt vom Saal?

Doge.

Ha, was bedeutet das?

Marina

(mit ausgestreckten Armen nach links schauend).

O Gott — sieh' nur!

Achter Auftritt.

Vorige. — Jacopo Foscari stürzt von links herein zu des Dogen Füßen. Rasch darauf Loredano, Saffi und andere Gäste. — Gerichtsdiener.

Jacopo Foscari.

O Vater — Vater — schütze, rette mich!

Loredano

(rasch folgend, im Amtskleid des Raths der Zehn — von vier, mit schwarzen Larven vermummten, Häschern begleitet). Im Namen und aus Macht des Rath's der Zehn Verhaft' ich Euch, Jacopo Foscari!

(Die Häscher ergreifen Jacopo Foscari.)

Jacopo

(in scheuer Hast umsehend).

Jacopo, Du?

Doge

(den Häschern wehrend).

Laßt ihn! Denn dieser rast.

Welch einer Schuld zeiht man den Sohn des Dogen?

Loredano

(kalt).

Des Hochverrathes! —

(Ihm ein Pergament vorhaltend.)

Kennt Ihr diese Schrift?

Doge

(dumpf).

Der Staatsinquisitoren! —

(Marina sinkt in die Kniee. Der Doge starrt vor sich hin.)

Jacopo
(von den Häschern gehalten).

Vater — Vater!
Du willst mich nicht der Häscher Hand entreißen?
Du weißt doch, Vater, dieses Herz ist rein
Von Hochverrath, als wie von Gift dieß Auge.

Saffi
(da der Doge noch immer starr dasteht, zu den anderen
Senatoren).

Seht Ihr! er zaudert! — Ei der große Doge!

Marina
(noch auf den Knieen).

Du Allgerechter — o! sein Maß floß über!

Doge
(sich fassend, mit strenger Hoheit).

Ihr Herren, ich durchschaue dieses Netz,
Das lügnerische Bosheit um mich wirkte.
Und büb'schen Frevel heiß' ich diese Klage,
Vor der dieß lautre Herz hier nicht erzittert.

(Mit sanfter Ruhe ihn aufrichtend.)

Jacopo, zeig', daß ich dein Vater bin,
Und ehre das Gesetz der Republik!
In aller Form des Rechts ist der Befehl.
So geh' zur Haft für diese kurze Nacht!
Leb' wohl! Auf freies Wiedersehn am Morgen!

(Er küßt Jacopo auf die Stirne; Jacopo wendet sich angstvoll
zögernd zum Gehen.)

Marina

(sich erhebend, mit majestätischer Ruhe).

Nur einen Augenblick noch laßt ihn mir!
Nur einen Mutterkuß noch laßt mich drücken
Auf meines Sohnes Haupt — dann mag er gehen!

(Sie umarmt Jacopo in langer, inbrünstiger Umarmung, dann
ihm die Hand auflegend, mit tiefstem, feierlichem Schmerze.)

Und jetzt geh' hin — und büße für Venedig! —

(Sie sinkt dem Dogen an die Brust. Eine starre Gruppe.)

Der Vorhang fällt.

Ende des dritten Aufzuges.

Vierter Aufzug.

Gerichtssaal des Rathes der Zehn.

Im Hintergrunde eine Estrade mit durchbrochenem Geländer, durch deren Mitte eine große Thüre geht. Oberhalb derselben die Figur der Themis. — Von der Thüre aus gelangt man durch eine breite, die ganze Estrade umgrenzende Treppe in den Saal. Rechts und links von der Mittelthüre sitzen auf der Estrade Schreiber und Gerichtspersonen. — Im Saale stehen rechts im Halbkreis die Stühle der Mitglieder des Rathes der Zehn — mit einem kleinen Tische. Im Mittelpunkte der Stuhl für den Angeklagten. Im Vordergrunde links der Richterstuhl des Dogen.

Erster Auftritt.

Wie der Vorhang aufgeht, steht Saffi, als Vorsitzender, in der Mitte, Loredano sitzt nach rechts auf dem äußersten Stuhle, neben ihm Barbarigo u. s. w. Nur Donato steht an seinem Stuhle — als der Letzte links. —

Saffi
(stehend).

Ihr strengen Herrn des hohen Rath's der Zehn,
Ihr habt den Angeklagten nun gehört!

Mit dreister Stirne läugnet er die Schuld,
Der ihn die Staatsinquisitoren zeihen.
So hört den Zeugen, den Ihr Alle kennt,
Und diesen Dogensohn soll er entlarven
In seinem Hochverrath so schmutz'ger Art,
Wie keiner noch befleckt das Buch Venedig's. —
Der Doge selber zwingt die Republik
Zum Kriege gegen Mailand, und sein Sohn
Er nimmt von Mailand's Herzog Hochzeitsgaben. —
O unerhört! — Doch 's ist des Himmels Mahnung,
Kein zweites Mal vor'm Dogen so zu kriechen.
Ihr seht nun die Erniedrigung sich lohnen!

Donato

(hervortretend).

Ei, Marco Saffi, welch ein Feuereifer!
So hört auch mich, den Aeltesten von Euch!

Barbarigo

(aufspringend und ihm in die Rede fallend).

Nichts mehr, Donato! — Viel zu lange schon
Hat man dem Dogensohn Gehör gewährt.
Ei, mich bedünkt, mit meinem Neffen Paulo
Kam man viel eiliger zum blut'gen Spruch. —
Man bring' uns jetzt den Zeugen!

Loredano und Mehrere

(aufstehend).

Ja, den Zeugen!

Saffi.

So tret' er vor die Schranken!

(Zu der Estrade links herauf.)

Laßt ihn ein!

Donato

(leise zu drei Rathsherren, die ihm zunächst sitzend aufgestanden
sind und sich um ihn gruppiren).

Ihr, Freunde, haltet fest zu mir!

Die Drei

(leise).

So sei's!

Zweiter Auftritt.

Vorige. — **Michelo Bevilacqua**, in sehr anständigem
Costüm eines niedern Edelmanns, tritt, keck sich umschauend,
von links von der Estrade in den Saal, verbeugt sich mit feiner
Gewandtheit, und bleibt im Vordergrunde stehen.

Saffi.

Ihr nennet Euch Michelo Bevilacqua?

Bevilacqua.

So heiß' ich, strenger Herr.

Saffi.

Und Florenz nennt

Ihr eure Vaterstadt?

Bevilacqua.

Sie ist es wohl,

Doch hat sie mich aus ihrem Schooß verbannt,
Weil ich die Freiheit mehr geliebt, als mich.
So ward Benedig mir zur zweiten Heimath,
Die ich drum liebe, wie ihr treu'ster Sohn.

Saffi.

Ihr habt vor diesem hohen, edlen Mitglied
Des Rath's der Zehn, Jacopo Loredano,
Des Dogen Sohn, Jacopo Foscari,
Des Vaterlandsverrathes angeklagt,
Den er verübt, vom Herzoge von Mailand
Geschenke nehmend, der Venedig's Feind!
So schwöret erst, die Wahrheit uns zu sagen,
Bei dem Allmächt'gen und Allwissenden,
So wahr er eurer Seele gnädig sei!

Bevilacqua
(mit erhobner Hand).

Ich schwöre!

Saffi.

Nun so sagt, könnt Ihr nun hier
Vor'm peinlichen Gericht der hohen Zehn
Mit freiem, offnen Wort bestätigen,
Daß Alles Wahrheit sei, was Ihr geheim
Gesprochen vor Jacopo Loredano?

Bevilacqua.

Das kann ich, hoher Rath!

Saffi.

Wohl denn! — Erzählt!

Bevilacqua
(in vornehmem Tone).

Es war in einer Mondnacht, strenge Herren,
Da fuhr ich einsam durch den Canal grande,
Und träumend ließ ich meine Gondel gleiten.
Nur lauschen wollt' ich der Musik, die schmeichelnd

Die Nacht durchklang aus dem Palast des Dogen —
Des Sohnes Hochzeitfeier galt ihr Klingen. —
Und mit dem eignen Heimweh des Verbannten
Gedacht' ich schmerzlich meiner Vaterstadt.
Und wie es nur so kam, mein wund Gemüth,
Es schloß zugleich den Sohn des Dogen ein.
„Wie bist du neideswerth" — so seufzt' ich tief —
„Wie ihren größten Helden feiert dich
Die Vaterstadt, und du, was that'st du Großes,
Und wirst du wohl es ihr vergelten können? —
Die meine stieß mich aus — den besten Sohn!"

Saffi
(für sich).

Wie fein er ausholt!

Bevilacqua
(rasch fortfahrend).

Doch, daß Ihr vergebt,
Was ich zu denken wagte! Denn die Wahrheit,
Sogar mein Denken wollt' ich Euch berichten.
So dacht' ich seufzend auf der nächt'gen Fahrt.
O Ihr vergebt mir's doch?

Saffi
(zu Loredano).

Er redet trefflich!

Donato
(ihn in's Auge fassend).

Zu ängstlich spinnt Ihr eures Wort's Gewebe!
Wir sind nicht da, von eurer Gondelfahrt,

Und euern Seufzern breit Gedicht zu hören.
Wir sitzen hier, um strenges Recht zu sprechen.
Drum fordern wir nur schlichte Mannesrede,
Wie sie die Wahrheit aus dem Herzen holt.
So faßt Euch kurz: was saht, was hörtet Ihr?

Loredano

(aufspringend).

Ihr Herrn, das heißt Verdächtigung des Zeugen!

Bevilacqua

(ganz rasch, fein abwehrend, gegen Loredano).

O! — bitte . . .

(Dann schnell zu Donato, mit ironischer Höflichkeit.)

Dank euch, gnäd'ger Herr, daß ihr
Mich so an Kürze mahnt! —

Wo war ich? — Richtig!

(Sich wieder an Alle wendend, im vorigen, ruhigen Tone.)

Und wie ich so im Canal grande fuhr,
Da — unversehens — merket wohl, Ihr Herren!
Stieß meine Gondel an ein stolzes Schiff,
Und aufgeschreckt lenkt' ich behend sie rückwärts.

(Sehr heimlich und wichtig thuend.)

Und an das Schiff glitt eine andre Gondel,
Und legte heimlich an. — Im Mondlicht glänzte
Des Dogensohn's gestickter Baldachin
Von rothem Sammt. — Zu gut kenn' ich das Boot.
Dann sah ich aus dem Schiff — sichtlich verstohlen!
Verhüllte Waaren in die Gondel heben,
Und durch die Nacht vernahm ich diese Worte:

6 *

„Sprecht ja nicht laut! — Von Mailand sind's Geschenke,
Die unser Herzog euerm Herrn gesendet!
Gar reiche Hochzeitgaben! — Seid verschwiegen!
Daß ihr nicht einer Seele davon redet!"
Da rauschten just Fanfaren durch die Nacht,
Und jubelnd klang's: „Hoch, hoch der Sohn des Dogen!" —
Mir schnitt Venedig's Jubel in die Seele. —

Donato.

So wahr ihr Gott mög' gnädig sein! — Nichtwahr?

Bevilacqua

(einen Augenblick die Fassung verlierend, dann keck weiter).

Ja, hohe Herren, — so klangen diese Worte —
Und — weil ich denn Venedig so viel danke,
Hielt ich's für heil'ge Pflicht, dieß auszusagen. —

(Zu Donato, der ihn immer tiefer in's Auge gefaßt hat.)

O seht mich nicht so an! — Ich rede Wahrheit! —

(Mit erzwungen trotzigem Ausdruck.)

Ja — weil es mich im tiefsten Herzen schmerzte,
Daß so des Dogen Sohn vom Feind Venedig's
Geschenke nahm. — Und darum, hohe Herrn,
Hab' ich ihn angeklagt, und also lautet
Mein Zeugniß.

(Er schaut zu Boden.)

Loredano
(für sich).

Gott sei Dank, daß es vorüber!

Saffi
(zu Loredano).

Schnell fort mit ihm!

(Zu Bevilacqua.)

Ihr seid entlassen, Zeuge!
Wir danken Euch, daß Ihr so eifersüchtig
Die Republik vor dem Verrath bewacht.
Fahrt wohl, und lernet in Benedig's Freiheit
Verschmerzen florentinische Verbannung!

Bevilacqua

(gegen Saffi und Loredano sich tief verbeugend).

Wie sollt' ich nicht — bei solchen — edeln Männern!
(Nochmals gegen Alle sich verbeugend, durch die Mittelthüre ab.)

Dritter Auftritt.

Vorige ohne Bevilacqua.

Saffi.

Hochfreier Rath der Zehen — Senatoren!
Ihr hörtet nun des edeln Mannes Zeugschaft,
Und klar bewiesen hat sie das Verbrechen.

Donato.

Ja, strenge Herrn, wir hörten diesen Zeugen,
Und was viel schwerer wiegt — wir sahn ihn auch,
Das Urbild eines falschen Zeugen. —

Loredano.

Wie?
Wer wagt das auszusprechen?

Donato.

Ich! — Donato! —
Ich sag' es Euch: das war ein falscher Zeuge! —

(In die Mitte des Saales tretend.)

Und diesem Buben wollt ihr Männer glauben? —
Den Sohn des Dogen soll verklagen dürfen
Ein ekler Schuft, bankrott an Leib und Seele,
Den ausgespie'n die eigne Vaterstadt,
Und der sich nun bei uns von Meineid mästet? —
O edle Söhne unsrer großen Mutter,
Gen diesen Zeugen, werth nur der Verachtung,
Ruf ich Euch einen andern in die Schranken,
Mit dem wir Alle ruhmreich aufgewachsen,
Deß Namen wir voll stolzer Ehrfurcht preisen —
Benedig's Ruhm und Größe ruf' ich auf,
Das dreißigjähr'ge Werk des großen Dogen. —
Die sollen zeugen für des Vaters Sohn!

Loredano

(mit aufbrausendem Hohne).

Das also, hohe Herrn, ist dieser Zeuge,
Den mit so hohem Wortgepräng' er rief?
So wird die Tugend als des Blutes Magd
Dem Sohne mitgeboren — oder sagt:
Ist sie des Sohnes eigne, freie That?

Donato.

So wollt ihr diesem falschen Zeugen glauben?

Saffi.

Wer sagt Euch, daß er falsch? — Er hat geschworen!

Loredano

(rasch einfallend).

Wie jeder Zeuge, dem bisher Ihr glaubtet!

Und sagt mir doch, weß eines Zeugen Wort
Gibt für die Schuld Jacopo Foscari's
Uns größre Bürgschaft, als das Wort just dieses? —
Wo irgend ein Verbrechen aufzuspüren,
Hat ihm der Doge nicht auf's Wort geglaubt?
Hat er ihn nicht gehätschelt und gehoben? —
Und diesem Zeugen wolltet Ihr nicht glauben,
Weil jetzt der Schuldige der Sohn des Dogen?
So ganz verläugnen wolltet Ihr den Geist,
Der stets Euch lenkte bei des Urtheils Spruch? —
Ei so befragt Euch: Wessen ist der Geist,
Der hier in diesem peinlichen Gerichtshof
Seit Jahren herrscht als seiner Schule Lehrer?
Der Euch gelehret auf der Richterwage
Den leichtesten Verdacht für voll zu nehmen?
Der Euch beschworen, nimmer den Senator
Vom Gondolier zu sichten? — Weß der Geist,
Der stets Euch trieb, die Herzen zu verhärten,
Und venetianisch Blut für Nichts zu achten,
Für Alles aber venetian'sche Macht? —
Wollt Ihr noch fragen?

(Mit feierlicher, bitterer Ruhe.)

'8 ist des Dogen Geist!

Und diesen Geist, wir wollen ihn verehren,
Und ihm beweisen, daß wir seiner werth,
Da wir als Richter in dem Geist des Vaters
Nicht schonen wollen seines eignen Sohnes.

(Tiefste Bewegung.)

Vierter Auftritt.

Die Vorigen. — Ein Staatsinquisitor tritt plötzlich mit einem Document von rechts auf die Estrade, und entfaltet das Document, noch auf der Estrade stehend, während Alle erwartungsvoll zu ihm aufschauen.

Staatsinquisitor

(das Document in erhobener Hand).

Er hat bekannt!

Allgemeine Bewegung in verschiedenem Ausdrucke der Freude und der Trauer. Er steigt rasch in den Saal und übergibt das Document dem Saffi.

Loredano

(fast zugleich mit dem Staatsinquisitor).

Hört Ihr's? Wer hat nun Recht?

Saffi

(das Document durchfliegend, während Loredano und Barbarigo ungeduldig mitlesen).

Die volle Schuld! — Hier ist das Protokoll
Der Staatsinquisitoren. Leset — lest!

(Er übergiebt das Document dem Loredano, der es drei andern Senatoren hastig zu lesen gibt. Der Staatsinquisitor geht nach links über die Treppe ab.)

Donato

(der sich mit drei Senatoren links seitwärts zusammenhält).

Zeigt her!

(Das Blatt mit den Dreien durchfliegend.)

O Gott! —

(Zu den Dreien.)

Und dennoch steht zu mir!

(Er übergiebt es wieder an Saffi.)

Saffi.

Wer heißt im Rath der Zehn ihn jetzt noch schuldlos?
Ihr Herren, redet!

Loredano.

Keiner!

Drei Senatoren

(auf Loredano's Seite.)

Er ist schuldig!

Donato

(vertretend).

Das Urtheil meines Herzens gilt mir mehr —
Trotz Zeugen und Geständniß sag' ich: Nein!

Die Drei

(auf Donato's Seite).

Auch wir, wir sagen: Nein! —

Saffi

Auch Ihr? — Verhöhnung
Des Staatsgesetzes heiß' ich euer Nein.

Donato.

Wir stimmen frei, wie Ihr.

Barbarigo

(energisch einfallend).

Wohl denn, Ihr Herren!
So geb' ich freud'gen Herzens jetzt den Ausschlag,
Und stelle mich zu Euch und sage: Ja.

(Für sich.)

So, Doge, räch' ich meinen Neffen Paulo,
Den du verdarbst!

Saffi.

Sechs Stimmen gegen vier! —
Und also hat Jacopo Foscari
Das Leben auch verwirkt. — Der Doge komme,
Des Rathes Urtheilsspruch ihm zu verkünden!

Donato.

Noch einen Augenblick Geduld! — Ihr sagtet,
Er habe drum das Leben auch verwirkt —
Verzeiht mir, Marco Saffi, das ist irrig.

Saffi.

So, das Gesetz wollt Ihr mir noch erklären?

Donato.

Erklären nicht — nur es ergänzen helfen.

(In die Mitte des Vordergrundes tretend.)

Ihr strengen Herrn des hohen Rath's der Zehn!
Zwei Wege hat der Republik Gesetz
Dem Hochverräther angewiesen — einen,
Der kurz und schauerlich im Richtplatz endet,
Und einen andern, der mit fernem Ziel,
Wenn auch an Thränen reich, doch minder finster,
In die Verbannung von der Heimath führt. —
Und zwischen beiden steht die Wahl uns frei.

(Nach einer Pause.)

Ihr Herrn, zum letzten Mal in diesem Saale
Bin ich bei Euch — seit zwanzig schweren Jahren

Ein unfruchtbarer Pred'ger in der Wüste.
Und darum bitt' ich Euch mit letzter Bitte:
O wählt den zweiten Weg! — Ach, liebe Freunde,
So ehrlos von der Vaterstadt verstoßen,
Des reichsten Glückes goldnes Haus zu lassen,
Zu essen der Verbannung Thränenbrod —
Es ist der Gang dahin schon hart genug.
Ach drum begnüget Euch mit diesem Weg!
So habt Ihr dem Gesetze Nichts vergeben,
Und habt des Mitleids Recht doch auch geehrt,
Deß Keiner jemals werther war, als er.
Ach, macht des Dogen Abend nicht zu düster, —
Und gönnet ihm doch den verbannten Sohn!
Bedenkt von Vieren ist er noch der Letzte! —
O wählt den zweiten Weg! — Er ist der beste
Für Sohn und Vater, für's Gesetz und uns —

(Mit schmerzlicher Betonung.)

Und auch für Euch, Jacopo Loredano!

Loredano

(ergriffen und befangen).

Was nennt Ihr mich besonders?

Donato

(ihn bei der Hand in den Vordergrund ziehend   mit tiefster
Bewegung).

Daß Ihr einst,

Wenn lang schon dieses Haupt im Grabe ruht,
Auf daß Ihr dann mit dankendem Gedächtniß
An mich gedenkt, und tief im Herzen redet:

„Es war doch gut, daß mich der alte Mann
Auf jenen zweiten mildern Weg geführt.
Nun hab' ich auch für diesen nur zu zahlen,
Denn für den ersten Weg wär' meine Schuld
Zu riesig worden. — Gott vergelt's, Donato!" —

(Ihn tief anschauend.)

Versteht Ihr mich auch wohl? — O ganz gewiß!
Ich seh's an euern Augen: ihr versteht mich! —
Denn Herz bleibt Herz, ob's noch so bitter hasset!
Und nach der That kommt ihm gar manche Reue,
An die's vorher sein Zorn nicht denken ließ.
Und habt Ihr auch mich nur verlacht, so oft
Ich Euch betheuert, daß der Doge schuldlos
Und Alles schwarze Lüge — o dort oben,
Dort werdet Ihr mein Wort als wahr erkennen,
Und eurer Rache Werk als finstern Trug! —
Ach macht das Sterben Euch nicht allzu schwer! —
Denkt an Donato! — Wählt den zweiten Weg!

Loredano

(erschüttert sich wendend, für sich).

Wie mir sein seltsam Wort das Herz verwirrt!

(Laut.)

Ihr Herren: Wohl! — Donato's letzte Bitte,
Wir wollen sie gewähren. — Stimmet ein!

Sechs Senatoren.

Wir stimmen bei.

Barbarigo.

(für sich).

Und was sag' ich? — Ich schweige.

Saffi

(mit falscher Ruhe).

So bin ich überstimmt, ihr Herrn, doch weiß ich
Der Mehrheit Spruch wie immer zu verehren.

Donato.

O Dank! Nun kann ich diesen Stuhl verlassen,
Denn dieser letzte Spruch hat ihn gesegnet.

Saffi

(zur Estrade rufend).

Der Doge kann zum Urtheilsspruch erscheinen!

Donato

(rasch zu Saffi).

Nur Eines noch, Vorsitzender des Raths!
Ihr Alle wißt: es ist zuweilen Brauch
Daß der Verbannte noch von seinen Lieben
Hier Abschied nimmt, wenn Ihr ihn dessen würdigt.
So bitt' ich, gönnet auch dem Sohn des Dogen
Die letzte Wohlthat, die er wohl verdient.
Sein Weib liegt krank zum Tod, sie wird Euch nicht
Beläst'gen, doch die Mutter harret mein.
O gebt ihr Einlaß zu dem letzten Abschied!
Für ihren heil'gen Starkmuth bürg' ich Euch.

Saffi.

Es sei! daß Keiner mich von Euch beschuld'ge,
Als habe nicht auch ich ein menschlich Herz.

(Donato tritt zu einem der Gerichtsdiener auf der Estrade,
welcher darauf durch die Hauptthüre abgeht.)

(Für sich.)

Verbannung nur? — Doch was! — Im Grund gewinn' ich
Bei dieser Rechnung noch. Wozu mich ärgern?
Statt jählings stirbt sein Sohn nun langsam.

Loredano

(vor sich hin).

Vater,

Vergieb mir, daß ich vorhin schwach geworden!
Dem Freund, nicht deinem Mörder galt mein Mitleid.

(Der Doge erscheint rechts auf der Estrade.)

Saffi.

Da kommt der Doge!

Loredano

(für sich).

Vater, siehe nieder!

Fünfter Auftritt.

Die Vorigen. — Der Doge ist sehr langsam die Treppe
herabgestiegen. Alle haben ihre Plätze eingenommen.

Doge

(mit gepreßter Stimme).

Zum Urtheilsspruche, sagt Ihr, ruft man mich?
So hättet Ihr des Dogen Sohn verurtheilt? —
O nein, Ihr Herrn, das habt Ihr nicht gethan!
Ich weiß es ja, Venedig ist gerecht.

Saffi.

Ja, Doge, deinem Sohn, wie jedem Andern,
Nach dem Geständniß und des Zeugen Wort.

Doch seine Jugend hieß uns seiner schonen,
Und statt des Todes sprachen wir Verbannung.
Du siehst, Venedig ist gerecht — und mild.

Doge
(schmerzlich überrascht).

Mein Sohn bekannt? — Wie kann der Mund bekennen,
Woran das reinste Herz niemals gedacht?

Saffi
(kalt).

Es ist nicht unser Amt, das zu entscheiden.
Lies selber das Geständniß!

(Zwei Geheimschreiber sind schon vorhin von der Estrade herab=
getreten, mit den Documenten in der Hand, und bleiben an
der Treppe stehen. Einer überreicht dem Dogen das Protokoll.)

Doge
(es durchlesend, mit Entrüstung).

Wie? gefoltert?

Obwohl Ihr wußtet, daß er schuldlos sei?
Ihr mußtet's wissen, denn er ist mein Sohn!

Saffi
(hämisch).

So hab' ich denn Venedig's Recht bis jetzt
Nur lückenhaft gekannt! — Ich wußte nicht,
Daß von des peinlichen Gesetzes Ordnung
Der Sohn des Dogen ausgenommen sei,
Und ich bereue herzlich den Verstoß.

Doge

(sich gewaltsam fassend).

Doch wer, wer war der Zeuge?

Saffi.

Leset selber!

(Der zweite Geheimschreiber übergiebt dem Dogen das Zeugen=
protokoll.)

Doge

(hinein starrend, für sich).

Michelo Bevilacqua! — Allgerechter! —

(Er läßt wie vernichtet das Protokoll sinken.)

Saffi

(sehr spitzig).

Ihr findet wohl in ganz Venedig keinen,
Der eures Glaubens werther sei als dieser.
Wir wenigstens, wenn wir bedenken, daß — — —

Doge

(ihn unterbrechend und das Protokoll dem Geheimschreiber wie=
der übergebend; mit gebieterischer Würde).

O schweiget, Marco Saffi, laßt es gut sein!
'S ist ohne Makel eures Urtheils Form.
Und also sei es auch von mir bestätigt! —
Doch finstre Lüge wohnt in eurem Spruch,
Von dem gar wohl ich weiß, weß Werk er ist.
Und unter mein Verhängniß beug' ich mich.

(Zum Dogenstuhle tretend, mit schmerzvoller Hoheit.)

So bringt mir meinen Sohn! — Ich bin bereit,

An ihm zu thun, was ich seit dreißig Jahren
An allen Andern that auf diesem Stuhle.

(Er setzt sich; zwei Gerichtspersonen treten von der Estrade
herab, und gehen am Dogen vorüber in die Coulisse links.)

Loredano

(für sich).

O dieser Heuchler! — Seh ich doch den Mörder
Aus jedem Blick zu mir herüberschielen!

Sechster Auftritt.

Die Vorigen. — Jacopo Foscari in einem einfachen,
dunkeln Kleide, tritt, unter dem Vortritt der zwei Gerichts=
personen, in ruhiger, würdevoller Haltung in den
Saal, und bleibt gesenkten Blickes in der Mitte des Vorder=
grundes stehen.

Doge

(für sich).

Mein Hoffen und mein Stolz! — O wie ertrag' ich's!

Loredano

(für sich).

Mein Herz will trauern — und es freut sich wieder.

Saffi.

Nun, Doge, wirst du wohl das Urtheil sprechen?
Wie? — Oder sollen wir den Spruch verschieben?

Doge

(mit abwehrender Hand).

Schweigt, Saffi, schweigt!

*(Sich erhebend, mit ruhiger Stimme, während ein Gerichts-
diener auf einem rothen Kissen einen schwarzen Stab vor ihn
hinträgt.)*

Jacopo Foscari!

Ihr wurdet von dem hohen Rath der Zehn
Des Hochverrath's für überführt erklärt,
Und ich bestätige den Urtheilsspruch.

*(Der Gerichtsdiener mit dem Stabe tritt ganz nahe zum Dogen,
der den Stab vom Kissen nimmt.)*

So werf' ich Euch, kraft meines Dogenamtes,
Den Stab, den ich jetzt breche, vor die Füße,
Und ich verurtheil' Euch nach dem Gesetz,
Daß Ihr auf Lebenszeit, fern von Venedig,
Weit im Peloponnes nach Napoli
Verbannet seid, der Hochverräther Stätte. —
So will's das Staatsgesetz der Republik.

(Er setzt sich. Donato geht durch die Mittelthüre ab.)

Saffi

(zu Jacopo, der immer noch gesenkten Blickes ruhig dasteht).

Verstandet Ihr's, Jacopo Foscari?
Verbannung nur und nicht den Tod,
Wie euer Hochverrath gar wohl verdient! —
Ich denke wohl, ihr sollt uns darum danken!

Siebenter Auftritt.

Die Vorigen. — Marina tritt, von Donato geführt, in schwarzem Trauerkleide durch die Mittelthüre auf die Estrade und bleibt, heroisch niederblickend, stehen. Der Doge starrt versunken vor sich hin, ohne sie zu sehen.

Jacopo Foscari

(mit edelster Indignation, aber sehr ruhigen Tones).

Euch danken? — daß ihr mich mit freveln Händen
Von alles Erdenglückes lichtem Gipfel
In finstern Abgrund warft — soll ich euch danken? —
Daß ihr mein Herz, das treuste von Venedig,
Für dessen Ruhm es schlug, so stolz wie eines,
Geächtet ausstoßt aus der Vaterstadt,
Um fern von ihr sich qualvoll zu verzehren,
Drum soll ich danken euch? —

O trugt ihr auch
Nicht Scheu vor eures Urtheils schwarzer Lüge,
Blickt doch mit scheuer Ehrfurcht auf ihr Opfer! —

(Voll schmerzlichen Stolzes.)

Verhöhnt mich nicht!

(Der Doge blickt voll großer Resignation auf ihn hin.)

Sassi

(verlegen).

Ihr habt bekannt! — Was zeiht
Ihr uns des Hohnes?

Jacopo

(erregter).

O so greift in's Herz!
Glaubt Einer unter euch an meine Schuld,

Die fern mir liegt wie Mitternacht dem Morgen? —
Bekannt? — O ja, im Uebermaß der Qual
An Leib und Seele — denn, bekennt auch ihr! —
Und hätt' ich noch so stark dem Schmerz getrotzt —
War euer Urtheil nicht zuvor gesprochen? —
Konnt' ich entrinnen meinem finstern Schicksal,
Zu dessen Opfer ihr mich auserlesen? —

(Wieder sehr ruhig).

Vergeb' der Himmel Jedem unter euch,
Soviel er Antheil hat an diesem Spruch!
O Alles weiß ich wohl; — drum laßt mich schweigen!
Und weinen, weinen, bis das Herz mir bricht,
Um meine einzig theure Vaterstadt,
Die ihren treusten Sohn in's Elend sendet!

(Er verbirgt sein Gesicht mit der Hand. Marina ist langsam
heruntergekommen.)

Doge
(sie erblickend).

O Gott, mein Weib! — Prophetin war sie mir.

Loredano
(unruhig).

O Vater, siehe nieder — stärke mich!

Marina
(die Hand um Jacopo's Hals legend).

Sei ruhig, Sohn — sei stark!

Jacopo
(sie innig umfangend).

Ach Mutter, Mutter!

Marina

(in heil'gem Unmuth).

O weine nicht, mein Sohn, nein, danke Gott,
Daß du verbannet wirst aus dieser Stadt
Voll Mord und Heuchelei und jeder Sünde!
Denn, beim Allheiligen, ich seh' dich lieber
Jetzt wunden Herzens in die Fremde wandern,
Als daß ich es erlebt, daß du, mein Sohn,
Jemals auf einem dieser Stühle säßest,
Und Antheil nähmest an dem Maß der Schuld,
Das hier sich aufhäuft für die Rache Gottes! —

(Ihm das Haupt umfangend; mit mildestem Tone.)

O weine nicht, du letzter meiner Söhne,
Du meines Hauses hingesunkne Säule!
Auch ich will ja nicht weinen, daß du also
Verloren mir und doch gerettet bist! —

(Ihn noch fester umschlingend, mit steigender Inbrunst.)

O ziehe hin! — Mein Mutterherz zieht mit,
Und bleibet bei dir Tag und Nacht. — Fahr wohl,
Und laß dich segnen bis zum Wiederfinden!
Hoch über dieser f r e i e n Republik,
In einer bessern, schmerzenlosen Freiheit,
Begrüß' ich dich als ein verklärtes Opfer! — —

(Sie reißt sich, nach schmerzlichster, stummer Umarmung, in
Thränen ausbrechend, von ihm los. Der D o g e w a n k t
h e r a b u n d f ä l l t J a c o p o u m d e n H a l s.)

Der Vorhang fällt.

Ende des vierten Aufzuges.

Fünfter Aufzug.

Enge Gasse in Venedig. (Ganz kurze Decoration.) Beginnender Abend.

Erster Auftritt.

Saffi und Loredano, beide in Mänteln, kommen von links).

Saffi.

Jacopo, geh'! — Bist du ein Venetianer?
Statt triumphirend hoch das Haupt zu tragen,
Schleichst du einher gleich einem finstern Schatten!

Loredano.

Ja, finster! — Du hast Recht! — Bin ich doch nur
Ein treues Abbild meines finstern Werkes,
Das ich an meinem ärmsten Freund vollbracht! —
O er ist todt! — Der Schmerz um seine Heimath
Brach ihm das Herz in der Verbannung Oede,
Und ihm ist wohl! — Doch ich, o Marco Saffi,
Ich bin im Innersten wie ausgebrannt.
Den ganzen Tag zernagt mich wilde Reue,
Daß ich zu also niedrer That versank;

Ich war ein stolzer Mann und bin's nicht mehr! —
Und wieder schreck' ich auf aus dumpfen Qualen —
Wenn etwa doch der Doge nicht der Mörder!

(Den Saffi mit beiden Händen fassend.)

O Saffi, wenn du mich belogen hättest! —

Saffi

(kalt).

So, so, belogen? — Ei, so hätt' erst mich
Dein Vater wohl belogen, — und im Sterben!
Bedenk', Jacopo, jetzt dein frevelnd Wort!
O ganz Venedig glaubt des Dogen Schuld,
Und lechzt geheim, daß sie gerichtet werde.
Nur du allein, der eigne Sohn, willst zweifeln?
Nur du erkaltest in der Rache Feuer? —
Wie sich dein Vater drüber freuen wird!

Loredano.

O schweig' von solchem Vorwurf, der mich martert!
Verzeihe mir! — Vorbei ist wieder Alles!
Nur wilde Augenblicke sind's, in denen
Wie Dolche diese Zweifel mich durchzücken,
Doch blitzschnell, wie sie kamen, schwinden sie.
O Alles, Marco, Alles glaub' ich wieder.

Saffi.

Ich wußt' es ja. — Doch soll ich dir erklären,
Warum du plötzlich gar so öden Geistes?
Nur, weil der Doge, dieser zähe Wolf,
Nicht mürb geworden von des Sohnes Tod!
Mißlungne Rache, das ist deine Krankheit! —

(Nach rechts deutend.)

Doch sieh, da kommt er schon, — und bringt er uns,

Was er versprochen — o Jacopo, dann,

Dann saugst du aus gestillter Rache Fluth

Ein neues Leben ein und neue Wurzeln

Schlägt dein vertrocknet Herz. —

Loredano
(zur Seite tretend).

O nimmermehr!

Zweiter Auftritt.

Die Vorigen. — Bevilacqua kommt eilig von rechts,
unterm Mantel sichtlich etwas verbergend.

Saffi.

Nun schnell! — Wie steht's, Michelo? — Gut gespürt?

Bevilacqua.

O mehr noch, als gespürt! — Denn seht! —

(Einen Band Schriften aus dem Mantel triumphirend hervorholend.)

Da trag'ich

Das Wild schon unter'm Mantel.

Saffi
(rasch danach greifend, während Loredano theilnahmslos zusieht).

Her damit!

Bevilacqua
(höhnisch die Schriften zurückhaltend).

Oho, eu'r Gnaden — nicht zu schnell gegriffen!

Glaubt ihr, das war nur so ein Kinderspiel,

Des Dogen dummen Schreiber klug zu machen,
Bis er mir diese Schriften ausgeliefert? —
Die Auslag' nur beträgt schon tausend Scudi,
Und tausend schlag' ich drauf für meine Kunst.
Wollt ihr zweitausend zahlen?

Saffi.

Du bist theuer!

Bevilacqua.

Zehntausend ist dieß Document euch werth!
(Den Band ihm hinhaltend.)
Denn seht die Aufschrift nur! —

(Ihn firirend.)

Behagt sie euch?

Saffi

(das Blatt anstarrend).

„Venedig's neue Staatsordnung!" — vortrefflich!

Bevilacqua

(ein Blatt umschlagend, ohne das Document aus der Hand
zu geben).

Und so geht's fort — das ganze Staatsgesetz
Wirft er drin über'n Haufen . . .

Loredano

(der näher getreten, und in fieberhafter Aufregung mitliest).

Wirklich — wirklich! —

Da steht's — und wieder da! — O unbezahlbar!
Gleich einem frischen Quell springt mir die Schrift
Aus dürrem Pergament in's trockne Herz,

Und meiner Rache Leben regt sich neu.

Vergessen Alles — Alles! — mir die Schrift!

(Mit der einen Hand den Band Bevilacqua entreißend, mit der andern seine Börse hervorholend und sie ihm in die Hand drückend).

Da — da! — Dreitausend Scudi — und noch mehr!

Jetzt fort zum Rath! —

(Das Document hoch erhebend.)

O daß ich dieß ihm bringe!

Nun kann ich wieder leben! — Folg' mir, Saffi!

(Stürmisch nach links ab.)

Saffi

(nachrufend).

Sogleich, Jacopo!

Dritter Auftritt.

Saffi. Bevilacqua.

Bevilacqua.

Nun, mein gnäd'ger Herr!

Hab' ich zuviel gesagt von meiner Kunst,

Daß ihr sogar die heimlichsten Gedanken

Verfallen sei'n? — Da habt ihr den Beweis! —

Und hab' ich euch nicht ehrlich mitgeholfen,

Und reinen Mund gehalten? — O Signor,

Die ganze Luft Venedig's ward durch mich

So vollgeschwängert von des Dogen Schuld,

Daß Keiner athmen kann, der nicht zugleich

Die gift'ge Lüge mit hinuntersaugt.

Saffi

(erzwungen gleichgültig).

Und doch, Michelo, bist du nur ein Stümper,
So lang dir's nicht gelingt, das Testament
Des Pietro Loredano beizubringen.
Wie — oder meinst du, daß du's endlich kannst?

Bevilacqua.

O können! Warum nicht? Wenn's das nur wäre!
Unmöglichkeit gilt mir als ärgstes Schimpfwort!
Doch ohne Geld ist alle Spionirkunst
Ein windiges Geschäft. Erst zahlet besser;
Ich sagt' euch ja: es kostet Geld, viel Geld.
Doch scheinet mir, es liegt euch nichts mehr dran.
Was braucht ihr's auch — ein so gewalt'ger Herr?

Saffi

(für sich).

Nun warte, Schuft, nun jag' ich dich in's Netz.

(Zu Bevilacqua.)

Ganz recht gerathen! 's liegt mir nichts mehr dran.
Drum laß das Testament in ew'ger Ruhe,
Und wer es hat, der kann's verwittern lassen!

Bevilacqua

(hämisch).

Gottlob, Signor, der Sorge wär' ich quitt.

Saffi.

Jawohl! — Ich bitte dich nur noch um Eines:
Bleib' still hier stehn, und späh' in den Canal!
Siehst du zwei Männer nahn mit schwarzen Mänteln,

So gieb mir einen scharfen Pfiff! — Hörst du?
Bleib unbeweglich wie ein Steinbild stehen,
Und sieh nach rechts! — Ich zahle dir es gut.

Bevilacqua
(mit mißtrauischer Miene).

Ein sonderbar Geschäft, Signor!

Saffi.

Mag sein!
Doch mir ist's wichtig. — Willst du's übernehmen?

Bevilacqua
(lauernd).

Ich hab' ja Zeit, und ihr wollt gut bezahlen!

Saffi.

Doch nimm die Maske vor!

Bevilacqua.

Auch Maske noch?

Saffi.

Ich will es so.

Bevilacqua
(immer mißtrauischer).

Nun, mir ist's gleich, Signor!
Und seh' ich Zwei mit schwarzen Mänteln kommen,
Geb' ich euch einen scharfen Pfiff — nichtwahr?

Saffi.

So ist's. Halt' gute Wacht!

Bevilacqua.

Verlaßt euch drauf!

Saffi

(im Abgehen nach links).

Run, Schlange, bist du hin!

Vierter Auftritt.

(Die Abenddämmerung bricht schnell herein.)

Bevilacqua, später der Bandit Valentino.

Bevilacqua

(regungslos stehend).

Ha, ha, der Tölpel!

Er braucht nicht mehr das Testament! Jawohl,
Mich will er kirre machen — heil'ge Einfalt!
Mich, den gescheidtsten Kopf in ganz Venedig! —
Und was das Andre nur bedeuten soll?
Mich wie ein Steinbild da hieher zu stellen?
Run ja, ich will ihm den Gefallen thun.
Wer weiß, was drunter steckt? — Holla, gieb Acht!
Verdopple deine Schärfe Aug' und Ohr!

(Heimlich einen Dolch ziehend.)

Und komm hervor, du Freund in allen Nöthen!
Den Bevilacqua will er foppen? — Ha!
Ich könnte krank mich lachen . . .

(Valentino ist während der zweiten Hälfte dieser, mit ganz
gedämpfter Stimme gesprochenen Rede, die Maske vor dem
Gesicht, mit bloßem Dolch, lauernd an Bevilacqua von links
herangeschlichen und holt eben zum Stoß aus. Bevilacqua
vereitelt mit blitzschneller Wendung, wie er eben die obigen
letzten Worte gesprochen hat, den Stoß.)

Höll' und Teufel!

Ein Stoß nach mir? — He, Bestie! — Maske 'runter!
(Er entreißt Valentino, mit ihm einen Moment ringend, den
Dolch und die Maske. Valentino und Bevilacqua starren sich
erstaunt an.)
Ha — Valentino — du? — Erkennst du mich?
Mich, deinen Herrn und Meister? —

Valentino
(mit erstickter Stimme).

Gnade, Gnade!
Ich kannt' euch nicht. — Der Safft ringte mich.

Bevilacqua.

Ah, dacht' ich's doch!

Valentino
(sehr leis und rasch).

Die Hälfte eurer Leute
Ist gegen euch von ihm erkauft. — O Gnade!
Und Alles will ich euch von ihm verrathen.
Am Hafen trefft ihr mich!

Bevilacqua
(leis).

So mach' dich fort!
Ich komm'.
(Valentino rasch nach rechts ab. — Bevilacqua nach links
schauend.)

Ha, sieh, dort huscht er aus der Gondel!
Nur warte, Schuft, wie ich dich nun will foppen!
(Er läßt sich auf den Boden sinken, und laut jammernd.)
O Hilfe, Hilfe! — Ach — ich bin ermordet!

(Nach links schauend, mit gewöhnlicher Stimme leis.)
Ah sieh, jetzt schleicht er näher . . 's ist zu toll,
Wie ich den Schurken äffe . .

(Aechzend und sich nach rechts schleppend.)
Wehe mir!
Ich muß verbluten — ach, ich bin des Todes!

(Leise, mit wildem Hohn.)
Doch zittre du! — die Todten stehen auf!

(Er schleppt sich hohnlachend in die Scene rechts.)

Verwandlung.

Reiches Zimmer des Dogen.

(Mit Halle und Aussicht, wie im ersten Aufzug.)
Rechts ein großer, reichverzierter Schrein, daneben auf einem
goldverzierten Tischchen der Mantel und Hut des Dogen. —
Links Tisch mit Stühlen; auf dem Tische Bücher und Rollen. —
Der Saal ist durch einen Kronleuchter erhellt.

Fünfter Auftritt.

Der Doge steht (nachdem die Rückwand der ersten Decoration rasch aufgezogen worden) sogleich an der Halle, hinaus-
spähend. — Bald darauf Donato.

Doge.

Wo nur Donato bleibt? —

(In den Vordergrund tretend.)
Zum ersten Male
Drängt's mich heut Abend wieder in den Rath,

Denn morgen ist der Tag der Himmelfahrt,
Wo sich der Doge mit dem Meer vermählt.
Da möcht' ich heut' im Rathe nimmer fehlen.

(Nach rechts tretend.)

Und dennoch steh' ich wie gebannt. — Ich starre
Den Mantel an, und eine eigne Scheu
Wehrt meinen Händen, mir ihn umzulegen. —
Hab' ich mir doch gelobt, nicht eher wieder
Als Doge vor Venedig's Aug' zu treten,
Bis ich von finstrer Makel mich gereinigt,
Von der mein Herz nichts weiß! — Was soll ich nun? —
Mißlungen ist mir jeglicher Versuch!
Mein Wort, mein Gold — mein Ansehn — alles Nichts!
Noch wirft der Geist Pietro Loredano's
Den finstern Schatten über meinen Namen. —
Und doch! — soll ich auch morgen mich verbergen,
Am höchsten Feiertag der Republik? —
Zeih' ich mich so nicht selber einer Schuld,
Die niemals ich beging? —

(Gegen die Halle sich wendend.)

Was soll ich thun? —

(Donato tritt aus der Halle von links.)

O, Gott sei Dank! — Da kommst du — mein Andrea!

(Ihn bei den Händen fassend.)

Wie ich dein Kommen heiß ersehnt! — O Freund,
Bringst du mir endlich heute beßre Kunde?
O laß mich nicht so lange warten! — Rede!

Donato.

O Doge, meine Klugheit ist verbraucht,

Und statt zu schwinden wächst die finstre Lüge.
Sogar die Freunde fangen an zu zweifeln.

Doge
(in den Stuhl sinkend).

O hinterlist'ge Bosheit! — Ist denn also
Venedig's Glaube durch und durch vergiftet,
Daß es in meinem blut'gen Vaterschmerz
Mich auch noch wehrlos an den Schandpfahl bindet,
Drum dieser Argwohn wie ein Vampyr flattert,
Und aus dem Herzen mir die Ehre saugt! —
Wie faß' ich meine falschen Kläger? — Keiner
Klagt laut mich an, doch im Geheimen Jeder,
Für meinen Arm ein ungreifbar Gespenst. —
So zahlt Venedig mir die Riesenschuld
Für all' die Macht, zu der ich es erhoben? —
Doch nein! — Was klag' ich drum Venedig an?
Ich bin der einzig Schuldige, denn ich,
Ich hab' aus ihm gemacht, was es geworden!
Den Fluch hab' ich gesät — nun ärndt' ich ihn.
(Er hält die Hände erschüttert vor's Gesicht.)

Donato.

Francesco, du erduldest viel, doch glaube,
Daß ich dein Herz im tiefsten Grund verstehe,
Und daß ich ihm jetzt näher bin, als je. —
Du bist ein Andrer worden, als du warst!

Doge
(sich im Stuhle aufrichtend, sehr mild).

Ein Andrer, ja, ein Andrer bin ich worden!

(Mit dem Ausdruck tiefsten Schmerzes, Donato bei der Hand
fassend.)

Andrea, o was einsam ich gelitten,
Der Menschen Sprache hat dafür nicht Namen!
Der Tag um mich ist Nacht — die Nacht ist Tag.
Und, denke dir die bittre Geistesmarter!
Da seh' ich immer meinen sel'gen Sohn
Im Rath der Zehn vor meinem Stuhle stehn,
Wie stummen Schmerzes er in's Herz mir schaut!
Und hundertfältig auferstanden seh' ich
Venedig's Opfer bleich vorüber schreiten,
Und hör' sie höhnen: „Du gewalt'ger Doge,
Verächter unsres Lebens! siehst du nun
Den eignen Sohn? — So schuldlos war auch ich! —
Du Pfleger finstern Argwohn's, siehst du's wohl?
Jetzt bist du selbst ein Mörder ohne Mord!
So fühle selber deiner Herrschaft Fluch!" —

(Mit mächtig wachsendem Affekte.)

Und dann — dann schaut mein Geist Venedig's Sonne,
Gewitterschwer umhüllt von finstern Wolken,
Erzeugt aus Blut, aus Thränen und aus Seufzern —
Venedig sinkt in Nacht — — aus dem Gewölk
Tritt zorneserenst ein Engel — und er streckt
Sein flammend Schwert auf mein durchschauert Haupt —

(Sich halb im Stuhl aufrichtend.)

O — Gottes heil'ger Arm hat mich gerichtet!

(Er bricht zusammen und läßt sein Haupt auf den Tisch in
die Arme sinken.)

Donato.

Du großes Herz, daß ich dich heilen könnte!

Sechster Auftritt.

Der Doge. Donato. Marina und Laura (beide in tiefster Trauer) sind bereits bei den ersten Worten der letzten Rede des Dogen von rechts eingetreten, und haben, scheu an der Coulisse harrend, mit entsprechender Mimik die Rede des Dogen begleitet. Dann tritt Marina mit ruhiger Sanftmuth zum Dogen, ihm die Hand auf's Haupt legend. Donato tritt zu Laura, welche im Hintergrunde zaudernd stehen bleibt.

Marina

(mit mildestem Ausdruck).

Francesco!

Doge

(das Haupt halb aufrichtend).

Du, Marina? — O hinweg!
Ich kann dein leidvoll Antlitz nicht ertragen.
O meide mich! — Was willst du noch bei mir?

Marina

(sich über ihn beugend).

Dein Weib will ich dir sein, dein treues Weib!

Doge.

Du — mir? — Du spottest meiner! — Fluche mir,
Der ich den letzten Sohn dir nahm! — O laß mich!

Marina

(mit steigender Innigkeit).

Francesco, nein! — ach, laß mich bei dir bleiben!
Ich kann dich nimmer so vereinsamt lassen.

8 *

Auszahlen laß mich dir der Treue Schatz,
Den ich in langem Harm dir vorenthalten!
Gehilfin laß mich deines Leidens sein! —
Und Alles, was uns je das Herz geschieden,
Geh' unter in dem großen, heil'gen Schmerz,
Geh' unter in der großen, heil'gen Treue,
Mit der wir diesen Schmerz uns helfen tragen! —
(Mit heiligem Feuer.)
O ja, der Söhne letzten nahm uns Gott!
Doch dich, dich gab er wieder mir zurück,
Wie ich dich einst gekannt in alten Tagen! —
Und, o das noch viel reichern Heils! — Ich weiß:
Aus unsres letzten Sohnes frühem Tod
Erblüht viel hundert Söhnen langes Leben! —
Erreicht ist meiner Sehnsucht heil'ges Ziel!
Und, wie von aller Mütter Leid beladen,
Ich einst geklagt in meines Hauses Freude,
So will ich jetzt in meines Hauses Leid
Mich freuen für Venedig's frohe Mütter. —

Doge
(mit von Thränen erstickter Stimme ihr die Hand reichend).
O Weib, wie hab' ich das um dich verdient!

Laura
(die während Marina's Rede langsam näher gekommen, vor
seinem Schooß hinsinkend).
Und ich, mein Vater!

Doge
(sie in die Arme schließend).

Kind, mein letztes Kind!

Auch du willst deinen armen Vater trösten? —
Und ach, wieviel ward doch auch dir genommen!

Laura

(sich an ihn schmiegend).

O Vater, laß es sein, was ich gelitten! —
Zu Gottes Füßen fiel ich weinend nieder,
Und all mein Leid legt' ich ihm opfernd hin.
Da zog er mich aus meines Jammers Staub
Mit gnäd'ger Hand an seines Herzens Licht.
Mein Streit ist aus — mein Herz schloß mit sich Frieden.
Und als die einz'ge Lust noch weiß ich diese:
Dein Kind zu sein, und nichts als nur dein Kind,
Das dir versüßen will dein herbes Alter.

Doge

(mit neubelebter Kraft sich aufrichtend, indem er Marina's und
Laura's Hand erfaßt).

O — ihr erdrücket mich! — So viel der Liebe
Für so viel Leid! — O Dank euch, heißen Dank!
Des Lebens Flamme flackert neu empor —
Zu neuer Kraft verjüngt ihr meinen Geist! —
Und meines Willens Macht verspür' ich wieder,
Wie in den Tagen meines reichsten Glücks — —

(In höchster Begeistrung.)

Gutmachen will ich wieder, was ich fehlte!

(Zu Donato.)

Donato, geh' zum großen Rath! — Ich weiß,
Zur Abendstunde tagt er eben, — sag' ihm:
Ich werde kommen! — Und der Rath der Zehn
Soll feierlich, wie sonst, mich hingeleiten!

Marina

(ängstlich).

Francesco, willst du wirklich? . . .

Donato.

Denkst du auch — —

Doge

(energisch einfallend).

An meine Feinde? — Ja, ich denk' an sie,
Und ihre Lüge. Doch ich fühl' es auch:
Noch ist mein Zauber groß, vor meinem Wort
Wird Alles weichen wie die Nacht vor'm Licht.
Ich will's und kann's! — In diesem Glauben geh' ich.

(Zu Donato.)

Ruf' mir den Rath der Zehn! — Ich will es so.

Donato.

Dein Wollen ist Gebot. — Dir helfe Gott!

(Ab durch die Halle nach links.)

Siebenter Auftritt.

Doge. Marina. Laura.

Doge

(mit feierlicher Ruhe).

O Weib und Kind, bringt Mantel mir und Hut,
Mit gläub'gen Händen sollt ihr selbst mich zieren
Zur sicheren Gewährschaft meines Sieges!

(Während Marina und Laura zu dem goldenen Tische gehen,
drauf Mantel und Hut liegen, in sich verloren.)

Und so geschmückt will ich Venedig's Geist,
Am Abend vor dem Tag der Himmelfahrt,

Dem milden Geist der Menschlichkeit vermählen. —
Brautführer sollen sein die Geister Aller,
Die jemals schuldlos in Venedig starben,
Daß sie versöhnt mich in den Rath geleiten!

Marina

(ihm den Mantel umlegend).

Zum ersten Male segn' ich diesen Mantel,
Ob auch die Hand mir zittert. — Geh' mit Gott!

Laura

(mit dem Degenhut).

Laß deines Kindes Hand das Haupt dir schmücken!
Mög' drinnen alle Nacht in Licht zerrinnen,
Indeß ich bei San Marco für dich bete!

(Er neigt sich zu ihr, sie setzt ihm den Hut auf. Er küßt
Marina und Laura inbrünstig auf die Stirne und bedeutet
ihnen zu gehen. Marina und Laura gehen feierlichen Schrittes
nach rechts ab.)

Achter Auftritt.

Der Doge. Barbarigo mit zwei Boten des Senates.
Bald darauf der Rath der Zehn, unter ihnen Saffi und
Loredano.

Doge

(allein).

Geist meines Sohnes, gehe mir zur Seite!

(Aus der Halle von links tritt Barbarigo, unter dem Vortritt
zweier Boten des Senates, in den Saal.)

Barbarigo

(finster).

Im Namen von Venedig's großem Rath
Begehr' ich Einlaß für den Rath der Zehn.

Doge

(einen Augenblick betroffen, dann mit würdevoller Ruhe).

Er soll erscheinen, denn ich harre seiner.

(Die neun andern Mitglieder des Rathes der Zehn treten durch
die Halle von links herein und stellen sich links auf, während
der Doge rechts steht.)

Doge.

Ihr Herrn des Rath's, ihr kommt zur rechten Stunde,
Da mich verlangt, nach langer Schmerzenrast
Des hohen Amtes wiederum zu warten.
Doch, glaubet mir, nicht war seitdem ich thatlos.
Nein, Tag und Nacht hab' um Venedig's Heil
Im Herzen und im Geist ich mich gekümmert.
Und all das will ich jetzt im großen Rath,
Mein innerst Herz will ich euch offenbaren.
Enthüllen will ich euch des Staates Bild,
Wie's meiner Schmerzen Meer verjüngt entstiegen.

(Zu dem Schrein tretend.)

Seht her! — Da liegt die neue Republik!

(Da er den Schrein öffnet, zurückfahrend.)

Ha, was ist das? — Der ganze Schrein entleert!
Wo sind die Schriften?

Saffi

(aus seinem Kleide sie hervorziehend).

Hier, — in unsrer Hand!

Doge.

Bestohlen habt ihr mich?

Saffi

(in triumphirendem Tone).

Wir kennen euch,
Und eure neue Republik. — Doch wißt:
Wir spotten eures Wahns, uns zu bekehren.
Ein alterschwacher Thor seid ihr geworden,
Nachdem ihr erst ein feiger — Mörder wart!

Doge

(außer sich).

Ein Mörder? — Saffi — dieses Wort zu mir? —
Vernichten werd' ich euch . . . .

(Die Dogenglocke läutet dumpf.)

Saffi.

Wenn ihr es könnt!

Doge

(vor Schrecken starr).

Doch horch! was soll der Klang? — Die Dogenglocke? —

Toredano

(der bisher finster vor sich hingestarrt, hervortretend, triumphirend).

Daß ihr nicht mehr Benedig's Doge seid,
Und daß Benedig jetzt den andern wählt,
Das sagt der Klang — Francesco Joscari!

Doge.

Ihr hättet mich entsetzt? — Ihr könnt es nicht!
Benedig hat mich bis zum Tod beleidigt!

Saffi.

In's Antlitz wirft's euch euern Eid zurück,
Meineid'ger Hochverräther! und ich gehe,
Dem Volk Venedig's euern Sturz zu künden,
Daß es sich festlich schmück', und sing' und juble,
Bei Todesstrafe, wer um euch will trauern.

(Ab durch die Halle.)

Loredano
(rasch einfallend).

Und ich befehl' euch, daß ihr alsogleich
Hier niederlegt der Herzogswürde Zeichen,
Und noch heut Nacht verlaßt ihr den Palast!

(Eine Rolle entfaltend.)

Seht her, das Document der Republik!

Doge
(der bisher starr gestanden, losbrechend).

O Thor, von Alter kindisch! — ja — ganz recht!
O blöder Wahn, mein Werk von dreißig Jahren
An einem Tag von Fluch in Heil zu wandeln! —
O höchst vermessnes Hoffen, noch einmal
In diesem Mantel bei euch froh zu werden! —

(Mit majestätischer Hoheit.)

Nur Gottes Auftrag habt ihr jetzt vollzogen! —
Und Recht habt ihr zu dieser letzten Schmach! —
Abtrünnig bin ich von Venedig's Glauben,
Ich, der ich einst sein Hoherpriester war! —

Und also werf' ich als ein Apostat
Den unheilvollen Schmuck euch vor die Füße —
(Er wirft den Dogenhut hin, dann den Mantel von sich los-
reißend.)
Als meine Ketten werf' ich ihn euch hin, —
(Mit zunehmender Erschöpfung, aber noch im getragenem Tone
höchster Würde).
Und steh' vor euch, ein Freigewordener,
Von der Verblendung Knechtschaft — eure Schmach
In heil'ger Sühne mir zur Ehre wandelnd! —
(Er sinkt in den Stuhl.)
O Dank für allen Undank — alles Leid! —
Zum Leben rieft ihr — meinen ew'gen Geist!
Doch — diesen armen Leib — den — tödtet ihr!
(Die Dogenglocke verstummt.)

Loredano
(zu ihm herantretend, mit verhaltener Stimme).
Das tödtet euch? — Nun wohl! dann sind wir quitt,
Und meines Vaters Leben ist — bezahlt!

Neunter Auftritt.

Die Vorigen. Bevilacqua ist bereits bei den letzten
Worten des Degen in wilder Verstörung, den Andern unbe-
merkt, in die Halle links getreten, hält einen Moment inne
und stürzt bei dem letzten Wort Loredano's auf ihn zu.

Bevilacqua.
Bezahlt! — Doch eure Rechnung — sie war falsch! —

(Das Testament aus seinem Kleide reißend.)

Seht her — hier ist die ächte!

(Loredano, starr vor Ueberraschung, ergreift es.)

Doge
(zugleich auffahrend).

Bevilacqua!

Loredano.

Gott! — meines Vaters Schrift!

Bevilacqua
(schadenfroh).

Sein Testament!

Doge
(mit letzter Kraft in seinem Stuhl sich aufrichtend).

Sein Testament? — Und was besagt's? — O redet,
So lang mein Ohr noch hört!

Loredano
(mit gläsernem Blick das Testament anstarrend).

O Herr des Himmels! —
Mein Vater — war — sein Mörder — selber?

Bevilacqua
(zum Dogen).

Hört ihr's?

Das steht im Testament!

Doge
(wieder in den Stuhl sinkend, mit aufgehobnen Händen).

Du Allgerechter!

Loredano
(wie vernichtet das Blatt fallen lassend).

'S wird schwarze Nacht in mir!

Bevilacqua

(rasch einfallend, zu Loredano).

Der Marco Saffi,
Dem's euer Vater sterbend anvertraut,
Der unterschlug es euch! — Sein Werkzeug wart ihr —
Und weiter Nichts! — —

(Er zieht sich gegen die Halle zurück.)

Loredano

(den Dolch ziehend, wie verzweifelt).

Wo ist der Satan?

Bevilacqua

(in der Halle stehend, mit wilder Lust aufschreiend).

Wo? —
Vor'm Rathsaal liegt er! — Todt! — —

(Mit erhobenem Dolch.)

Durch diese Hand!

(Alle bilden eine starre Gruppe; nach kurzer Pause weiter.)

Mein Spiel war ohnedem hier ausgespielt,
Ich selbst — 's ist toll! — verrathen und verkauft! —
Da wollt' ich mir noch dieß Vergnügen machen
Am Schurken Saffi und

(Auf das Testament und dann auf Loredano deutend.)

noch dieß — an euch!

Doge.

Gott! das ist dein Gericht!

Zehnter Auftritt:

Ein Staatsinquisitor (derselbe wie im vierten Aufzug) stürzt noch während der Worte des Dogen mit Häschern und vielen Senatoren von links in den Saal, der sich vollständig füllt. Bevilacqua steht in der Halle, mit kaltem Muth ihm Stand haltend. Alle Andern in höchster Aufregung.

Staatsinquisitor

(auf Bevilacqua deutend, zu den Häschern).

Hier ist der Mörder!

Ergreifet ihn!

Bevilacqua

(mit gezücktem Dolche den Häschern sich entgegenstellend).

Zurück, wem's Leben lieb!

Ihr Hunde sollt mich nicht lebendig fangen!

(Sich den Dolch in's Herz stoßend und sinkend.)

Zur Hölle mit Venedig — und — euch Allen!

(Er stirbt — Pause.)

Doge.

Mein Gott! nun nimm mich hin! — Ich bin gereinigt.

Loredano

(mit eisiger Ruhe).

Ich aber — bin gerichtet . . .

(Das Testament aufhebend.)

Hier mein Urtheil!

Ich bin nicht werth, daß mich die Erde trägt,

Und feiger Hohn wär's, bät' ich um Vergebung.

(Dem Dogen das Testament in den Schooß legend.)

Als sanftes Sterbekissen laßt dieß Blatt

Euch unter's Haupt noch legen! — Sterbt in Frieden,
Den ich verlor für Zeit und Ewigkeit!

(Er wendet sich nach links. — Die Gondellieder ertönen von
Ferne, wie im ersten Aufzug und klingen immer näher bis zum
Schlusse.)

Doge
(mit zitternder Hand das Testament erfassend).

Wo ist mein Weib — mein Kind? — O — ruft — sie mir!

(Mehrere Senatoren drücken dem Dogen ihre Ergebenheit aus.)

Loredano
(links stehend, mit feierlichem Tone).

Jacopo Foscari — ich komme!

Barbarigo
(ihn zurückhaltend).

Freund,

Wo willst du hin?

Loredano
(sich finster losreißend).

Wohin ich muß — lebt wohl!

(Er geht nach links durch die Halle ab.)

Letzter Auftritt.

Marina, Laura und Donato kommen in angstvoller Aufregung von rechts aus der Coulisse. Marina stürzt auf den
Dogen zu, ihn umarmend. Laura kniet vor seinem Schooße
nieder. Die Gondellieder tönen ganz nahe.

Marina.

O Gott — Francesco!

Laura.

Vater!

Donato.

O — ich ahnt' es.

Doge

(an Marina's Brust sich lehnend, während seine Hand um
Laura's Hals liegt).

O Weib, o Kind! — Seid ruhig, weinet nicht!
Gott hat geschlagen mich und auch geheilt,
Erniedrigt und erhoben — Dank — o Dank!
(Sich ein wenig aufrichtend, mit tiefster Wehmuth.)
Hört ihr sie jubeln über meinen Fall? —
Bethörtes Volk, ach, daß du um dich klagtest!
(Beleuchtung von außen, wie früher.)
Und — sehet, welch ein Lichtstrom quillt herein!
Ach, daß er klären könnte deine Nacht! —
Fahr wohl, mein Volk! — Ich kann dir nimmer helfen. —
(Mit verklärtem Blick.)
Mich zieht's hinan zur ew'gen Republik,
Wo nur die Wahrheit herrschet — und die Liebe —
Und — die Gerechtigkeit — —
(Seine Stimme ist immer schwächer geworden, sein Haupt
sinkt in Marina's Arme zurück.)
Gott — sei — mir gnädig!
(Er stirbt. Marina und Laura, an seinem Schooße knieend,
überlassen sich ihrer Trauer. Mehrere Senatoren sind niederge=
kniet. Die Andern bilden ernste Gruppen.)

Donato

(mit tiefster Theilnahme die Hände über des Dogen Haupt
haltend).
Er hat vollendet — ein gefallner Sieger.
(Während die Gondellieder noch ganz nahe heraustönen, fällt
über einem großen Gesammtbild langsam der Vorhang.)

Ende.